AU ROYAUME DE MON PÈRE

Michel N. Christophe

AU ROYAUME DE MON PÈRE

À tous ceux qui aiment, croient,
ou veulent croire en cette Afrique qui se réveille

O dube malon, malon pe madube oa.
Si tu crois au pays profond, il croira en toi
Proverbe Duala

UN

Il était encore tôt ce matin-là. Elle se sentait épuisée. Voilà trente-quatre fois qu'elle composait le même numéro en désespoir de cause. Pourtant, Rémy, son mari, comptait vraiment sur elle sur ce coup-là. Avant de partir au bureau, il lui avait demandé d'obtenir un rendez-vous auprès de l'ambassade. Le temps pressait. Elle le savait, son avenir en dépendait. Il ne restait plus que quatre semaines avant l'envol. Les billets avaient été achetés au prix fort. Il ne manquait que ces foutus visas et personne ne décrochait !

Ouverte depuis une heure, la réception fermerait au public dans trois heures. Qu'allait-elle donc lui dire ? La croirait-il même ? Une douleur lancinante au dos lui faisait regretter son retour auprès de lui. En France, elle avait bénéficié de meilleurs soins. Elle se frottait vigoureusement, regardait autour d'elle où trouver l'appareil de massage ; seul capable, en dehors des mains épaisses de son homme, de stimuler sa circulation sanguine et de dénouer ses muscles tendus.

Il fallait surtout pour l'instant que quelqu'un décroche ce foutu combiné. Sans y croire, pour la trente-cinquième fois, elle composa le numéro. Une voix aigrie à l'autre bout du fil bouscula sa stupeur lui éclaircissant les idées. Danielle entama la conversation en français, puis se ravisa face à l'entêtement de son interlocutrice camerounaise à s'exprimer en anglais. La femme comprenait parfaitement la requête. Elle cherchait peut-être à contrôler la situation par le seul moyen dont elle disposait, le langage. Là-bas pourtant, on parlait les deux langues !

Le lundi suivant à midi pile, il ne fallait surtout pas manquer le rendez-vous. Elle avait persisté, tenu bon. Il serait impressionné et fier d'elle, lui si souvent occupé. Il fallait tout copier en double, revoir la liste des documents à produire et vérifier qu'on avait bien répondu à chaque question. Pour s'assurer que le compte y était, il faudrait aussi prêter attention aux moindres détails… De quoi épuiser un cerveau.

Demain, Rémy se rendait au tribunal pour une affaire de violence policière. Il avait été convoqué à une séance de sélection des jurés. Un flic aurait employé la manière forte au cours d'une arrestation. Maintenant, le voleur portait plainte. Selon lui, une paire de lunettes de soleil subtilisée dans une banque, même de grande marque, ne justifiait pas le coup de Taser reçu. Le pistolet à impulsion électrique avait déchargé 50 000 volts pendant cinq secondes d'agonie. Le malheureux épisode avait causé une défécation par relâchement. Il n'oubliera pas de sitôt sa cuisante humiliation publique. L'agression par arme de torture, insistait-il, avait occasionné non seulement une tache dégradante sur son froc, mais aussi et bien plus effrayant, une tétanie de ses muscles respiratoires. Un tort, à son avis, plus grave que le crime qu'on lui imputait.

« Putasserie et perte de temps », songeait Rémy. Il avait d'autres chats à fouetter. D'importants rendez-vous pour préparer son voyage l'attendaient. Il ne pouvait s'autoriser le luxe de rester cloîtré pendant toute une semaine dans un palais de justice. Il ne voulait pas non plus être mêlé à une histoire qui ne le regardait pas, répugnant surtout à devoir trancher entre un voleur et un agent de police, lequel avait commis l'outrage le plus répréhensible. L'envers et le revers d'une même médaille, ces deux-là avaient besoin l'un de l'autre pour valser. Il indiquerait au juge et aux avocats assemblés pour la sélection des jurés qu'il détestait à égalité les flics mal lunés enclins aux bavures, et les voleurs imbus de droits qu'ils s'octroyaient indûment. Il se ferait alors excuser sans grande cérémonie.

Rémy approuvait que sa mère, Joséphine, eût laissé tomber son mari plutôt que d'endurer ses infidélités. Il acceptait moins de se voir condamné à l'oubli et à l'exil aux antipodes de son père. On n'avait jamais connu une tigresse plus têtue qu'elle, qui osait se dresser contre la tradition. Sa verve et sa prestance faisaient l'envie de ses amies. Dotée d'un fort caractère, cette Joséphine, disait-on, avait méprisé une ribambelle d'hommes de l'acabit du père de Rémy, ainsi que leur « ramassis de croyances ». Et puis, qu'importe que celui-ci, son mari, ait de l'argent, soit éduqué et plutôt mignon, ou bien même qu'il provienne d'une grande famille de là-bas, du continent noir où la nuit comme le jour cultive l'émoi.

Elle aussi descendait d'une chefferie de premier degré, de monarques dont elle ne connaîtrait jamais l'histoire ou même l'identité, et dont elle ne pourrait non plus jamais prouver qu'ils eussent existé ; le cordon ombilical étant depuis bien trop longtemps sectionné entre l'Afrique des origines et son Amérique natale. N'était-ce pas le cas de tous les descendants d'esclaves, victimes de la jalousie de leurs voisins ? Foutus aristocrates destinés aux fers rouges de la déportation et à l'aliénation dans l'oubli et le vacarme de valeurs antagonistes.

Des hommes mesquins s'étaient chargés d'évincer les belles races, les ethnies les plus robustes dont ils craignaient la force, s'attaquant à la sève de leurs clans pour en affaiblir l'esprit, lui faire perdre de sa superbe, mettre à genoux cette succession de royaumes convoités que formait leur Afrique. Des dizaines de millions de vies sacrifiées alimentèrent de vains rêves de puissance. L'Africain est un loup pour l'Africain. Aujourd'hui, on risque, rien qu'en y pensant, de perdre encore la tête ou de glisser comme sur un rocher lisse. Les déportés oublieraient leurs vrais noms, se verraient dépossédés de leur personne avant de finir par s'assimiler aux descendants de leurs bourreaux et de se confondre dans une grande marmite de manger cochon qu'ils appelleraient créolité. Et tout ça pour quoi ? Pour mieux essuyer la honte de leur dénigrement ? Laver l'interminable insulte dans un foutoir identitaire ? Pour appartenir pleinement à une civilisation rabougrie par la peur ? Ou bien, peut-être, faire corps avec une nation conquérante, mystifiante, dénaturée, malade de trop peu d'âme, évanescente, aux idéaux trop nobles pour sa petite envergure ?

L'Antillais livré aux tourments du désamour de lui-même est une plaie béante et purulente pour l'orgueilleux. Joséphine refusait de patauger dans cette mare de perdition, de sombrer dans une quête identitaire futile sur un chapelet d'îles transformé en pacotilles. Elle en avait marre des jeux pathétiques des gens complexés qui se créaient des problèmes d'appartenance. Elle savait déjà qui elle était, comme tous ceux qui le voulaient bien aussi, et n'avait pas de temps à perdre à chercher de quel arbre elle descendait. Les dés avaient été jetés. Comme sa mère avant elle, résistante inébranlable, négresse fondamentale, voilà l'héritage qu'elle comptait laisser à sa progéniture. L'enjeu était grand. « Tant que tu ne t'aimeras pas toi-même, » man Cécé, sa maman, avait répété, un fichu de madras bien arrimé sur la tête, indépendantiste de la première heure, gardienne de la mémoire et de l'histoire de son peuple jugulé, « tu ne seras pas libre, et ne pourras non plus prodiguer un amour pur. »

Presque toutes les fois où Rémy pensait fort à Joséphine, le téléphone sonnait pour révéler les délicieuses sonorités de sa voix chantante à l'accent antillais.

— Donc, tu t'entêtes à faire ce voyage, mon enfant ? Wa'y. Mi bab. Et tu crois que tu seras bien reçu ? Quel désagrément vas-tu chercher là ?

Elle n'avait jamais caché son opposition à tout rapprochement entre son fils, son père et sa famille paternelle.

— Pourquoi ne serais-je pas bien reçu, maman ? Il y a des choses que je dois apprendre pour savoir qui je suis.

— Fais attention. Ne t'amuse pas à faire confiance à tout le monde. Tu restes un étranger. C'est tout ce que j'ai à te dire sur ce sujet.

— Pas besoin de t'inquiéter. Je suis grand.

— Et cette marie-couche-toi-là que tu fréquentais, elle a fini par te laisser tranquille ?

— Espérons-le ! On verra bien.

— Bonne chance, mon fils. J'ai dit tout ce que j'avais à dire. Je raccroche maintenant.

Tout n'était qu'un énorme flou. Rémy écarquillait les yeux, mais ne percevait plus rien, comme si un brouillard épais s'était abattu sur son cerveau. Il cherchait en vain à apprendre ce à quoi il devait s'attendre au juste, à comprendre à quoi ressemblait la famille qui l'accueillerait à Douala. Intuitivement, il sentait qu'il aurait été préférable qu'il se laissa bercer par l'anticipation. Hanté par la sensation qui lui collait à la peau de n'avoir pas fait assez ; n'avoir pas acheté suffisamment de cadeaux ; pas pensé à tout, il n'y arrivait pas. En tant qu'oncle d'Amérique, l'attente qu'il suscitait lui semblait pesante.

C'est de sa mère que Rémy tenait qu'il descendait d'une lignée royale au Cameroun. Le jour du départ, il traînait encore dans les boutiques à la recherche d'un objet insolite, le parfait présent pour sa grand-mère. Tâche redoutable. Il fallait se rappeler tous les noms, n'oublier personne ; ni les enfants, ni les petits-enfants, ni les frères, ni les sœurs, ni les cousins. Penser à tous ces inconnus. Peut-être une vingtaine, ou même une trentaine de personnes, ou bien plus. Rien n'était clair, ou précis. Qui donc se sentirait oublié, ou bien lésé ? Quel cadeau pourrait faire plaisir à une dame de quatre-vingt-quinze ans qui passait probablement ses journées dans des draps ? À trop parler au téléphone, on n'apprenait vraiment pas grand-chose en fin de compte, et on risquait de ne rien avoir à se dire en personne. Il y serait bientôt.

L'idée même du départ sur la terre ancestrale apaisait Rémy. Il ajustait un pantalon trop grand pour lui évaluant la gravité de la situation, réalisant dans ses tripes qu'il n'était à sa place nulle part et partout à la fois. Tout dépendrait de lui, comment il se sentirait ce jour-là, de l'état de son âme. Il désirait évacuer l'obsession, cet implacable besoin d'appartenance pour simplement faire corps. Son identité plurielle se jouait de ses injonctions. Lentement, sûrement, le réveil se ferait. La faiblesse se métamorphoserait en force. Il fallait laver l'égoïsme, recouvrer la confiance que la misère morale blessait. On ne rattrape pas le temps perdu, on le dépasse en s'attelant à la tâche à grands coups de cravache. La nuit se taisait et n'était d'aucun conseil. Rémy serait façon-façon aux yeux de ceux qui le jugeraient. L'important quoiqu'il arrive était toujours d'agir, d'avancer, de se transformer en homme fier, neuf, poli comme le jais, d'une trempe à toute épreuve.

Il se regardait dans un miroir hostile, cherchant à oublier ce qu'il était devenu. Sa représentation de lui-même avait été bousculée, altérée. Deux ans plus tôt, une nouvelle traumatisante l'avait fait basculer dans un abîme d'impuissance et de fatalisme. La date approximative de sa mort lui avait été annoncée. Il se sentait rejeté par le monde, une épave sans attache subissant une vie qu'il n'avait pas choisie. S'il était exclu, peut-être le méritait-il ? Il devait être aussi mesquin qu'on le pensait. Il aurait fallu qu'il lave les péchés qui faisaient de lui un être infréquentable, abominable, à l'identité incertaine. La médecine ne pouvait plus rien pour lui. Toute son enfance, quand ses camarades de classe parlaient de leurs familles, Rémy gardait le silence. On n'avait rien d'intéressant à raconter quand on ne connaissait pas son père. Il fallait préserver ses forces pour se défendre des railleries et des condamnations.

Même une vie mal entamée restait digne d'être bâtie. Mais sur quelles fondations ? Comme des fruits à cueillir sur un arbre lointain élevé pour la gloire comme autant de promesses, toutes les victoires se camouflaient dans un futur incertain. Savoir qui l'on est, Rémy le sentait dans la moelle, n'était pas un luxe, mais une nécessité. Cela lui permettrait de finalement s'enraciner pour mieux se développer et pousser sans entrave dans la tête, ou questionnement gênant, et enfin confronter la mort, sans regret. Quand comme lui, à cause de déceptions répétées, on avait une peur bleue de la fatalité, remonter le fil de son identité comme une bouée à laquelle on s'accroche constituait un mouvement vers un regain de vitalité.

Vivre voulait dire lutter, faire face, et s'ériger contre l'ignorance assassine, une mémoire débile et les préjugés tenaces qui, tel un carcan, imposaient une identité mutilée.

On devait pouvoir trouver une source d'orgueil dans le sang. Au royaume de son père, il lui faudra faire de son mieux pour retrouver la force de défendre sa propre vie, envers et contre tous, et surtout, contre les sentences de ces blouses blanches qu'il ne supportait plus. Obtenir un peu de cette paix qu'autorise le courage lui permettrait d'échapper à l'angoisse qui ôte sa saveur à l'instant. Avec un peu de chance, Rémy réussirait peut-être à redonner un sens à sa vie.

Six mois plus tôt, un géant, le grand-oncle, le frère de la grand-mère, le maître du bilimbi, pressentant sa disparition imminente, l'avait appelé. Il ne verrait pas son petit-neveu comme il l'avait souhaité et laissa couler des larmes chaudes dans le téléphone. Rémy l'accompagna d'un râle discret et attentif, se l'imaginant sage, fort, et déterminé, refusant aussi de croire en cette fin inopportune qu'il annonçait, lui le détenteur du secret, le gardien de la mémoire des anciens, arbre robuste ancré dans le sol d'une Afrique en éveil, témoin des fléaux successifs qui avaient traumatisé le continent et fait basculer l'histoire.

Il ne pouvait pas disparaître, pas en cette période charnière. Tout restait à construire. Le grand-oncle donnait de la force à son peuple transmettant un savoir essentiel au renouveau et à la gloire à venir. Dans l'appareil, il déclamait pour bien se faire entendre : « L'histoire et la généalogie ne prennent tout leur sens que si la descendance s'illustre dans le temps, et dans l'espace, sinon tout se fige. Rien n'avance. Tout devient exploration du nombril, entrave, et puis disparaît. » Un arbre s'abat, le terroir s'appauvrit, et le monde s'en moque.

À l'âge de quinze ans, comme si sa vie en dépendait, Rémy se mit à chercher le père qu'il ne connaissait pas. Il demeurait introuvable tel un fantôme. Il ennuyait sa mère de ses questions qu'elle préférait ignorer. Internet et les médias sociaux n'étaient que de peu d'utilité. D'elle, il ne tira rien, à part le rappel flou et de peu d'intérêt que son père provenait d'une lignée royale. N'était-ce pas ce que tous les descendants d'esclaves aimaient croire, et se répéter, comme pour étouffer le mépris dont ils se sentaient accablés ? Cherchait-elle à lui redonner confiance en lui-même ? Semblait-il en avoir besoin ? Pour tout ce qui concernait son père, elle prétextait l'oubli. Son silence retentissait comme un désaveu.

La mère et son gamin se tourmentaient pour des bribes d'informations qu'elle répugnait à ressasser. Essayer de protéger l'enfant la mena jusqu'à le priver de toute vraie connaissance de lui-même et de ses origines. Quel secret inavouable cachait-elle ? Sa naissance fut-elle donc irrecevable ? Hagard, le regard posé sur l'immensité du vide qu'elle entretenait, il avait du mal à établir un rapport solide, substantiel, et à toute épreuve, avec sa mère.

Qu'avait fait le père de si répréhensible, de si innommable, pour justifier qu'on afflige ainsi le fils de la lourde sentence qu'est le silence ? Méritait-il une demi-vie meublée de questions sans réponse, vouée à une insoutenable méconnaissance du contexte même de sa naissance ? La violence que lui infligeait sa mère, il se l'appropriait et la redirigeait contre lui-même. Acide, alcool, herbe, excitants, sédatifs ; il devait tromper l'angoisse, oblitérer la honte, purger par un lent suicide la souillure qu'il incarnait, à tout prix. La mort viendrait doucement et délibérément remettre les pendules à l'heure.

Rémy connaissait le nom de son père, savait que celui-ci était Camerounais. Il gobait la moindre information, suivait chaque piste, et cherchait la délivrance que seul le discernement offrirait. Et puis un jour, tout changea parce que l'Afrique elle-même avait changé. Il trouva le mystérieux géant construit dans son imaginaire enfoui dans les dédales du web, finalement révélé au grand jour par Google dans un avis d'obsèques une semaine après sa disparition.

Une douleur diffuse, assourdissante et insondable remplaça la tension obsédante de l'attente. Comment apprendrait-il maintenant ce qu'il voulait savoir ? Quel genre de personne avait été son père ? La colère provoqua son larmoiement. Il lui avait fallu vingt ans pour trouver une piste, une lueur d'espoir ; toutes ces années pour finalement pleurer les larmes de son corps. Rémy ne ferait jamais la connaissance de l'homme à qui pourtant il ressemblait. Seules quelques photos subsisteraient pour ancrer sa mémoire. Il ne saura jamais si son père avait cherché lui aussi à le rencontrer, avait voulu le voir, le toucher, lui conter leurs origines. À la fois délivré d'une quête et condamné à une fin de non-recevoir, un abîme de liberté s'ouvrit pour l'engouffrer. D'autres noms inespérés mobilisèrent son attention dans l'avis d'obsèques, ceux de neuf enfants abandonnés ; autant de nouvelles pistes, elles aussi infructueuses après plusieurs années de recherches.

Dès lors, Rémy s'interdit de rêver, de s'acharner niaisement à croire que quelque part dans le monde il manquait à quelqu'un. Il choisit d'accepter son sort et de se résigner une fois pour toutes. Tout changea quelques années plus tard. Un message sur Facebook secoua son univers l'éveillant à la possibilité d'une vraie connexion. « Mes mains tremblent. Je n'arrive plus à réfléchir. La photo de celui que tu appelles ton père est la même que celle que je possède de mon propre père. Tu dois être le grand frère perdu dont il nous a toujours parlé. »

Facebook s'enflammait. Survoltés, les amis qui l'avaient vu le taquinaient déjà et commentaient sa page. Rémy devenait l'aîné de neuf frères et sœurs du jour au lendemain. Heureux au-delà de toute espérance, la respiration haletante, il plaça une main sur sa bouche pour contenir des émotions débordantes. Sans savoir où donner de la tête, il chaloupait sans musique. Les appels débutèrent pour rattraper le temps perdu. Rémy allait enfin appartenir à une famille, un lieu, à une culture où tout ce qu'il représentait serait le bienvenu, accepté, et valorisé. Dans l'esprit de ses nouveaux frères et sœurs, il remplaçait déjà le père. Il lui ressemblait trop. « Le père est mort, vive le père. »

Ses épaules se déchargèrent du poids accablant de la séparation, de l'isolement et du rejet ressenti. En un clin d'œil, il recueillait une tranche de bonheur, une joie de vivre, s'inventait une enfance insouciante, retrouvait un sommeil profond, et le sentiment de ne plus arpenter la terre sans attache. Dorénavant, il était lié au monde alentour, à l'Amérique, à l'Europe, et maintenant au berceau de son humanité. L'Afrique lui redonnait l'univers en partage. Il n'était plus ce touriste pris en otage dans l'engrenage d'un transit éternel, il devait apprendre tous les noms.

DEUX

Rémy pressa les quatre chiffres de son code personnel, puis poussa la barre de fer du tourniquet pour franchir le seuil de la porte d'entrée. Le sourire en coin, il salua les deux gardes armés de pistolets semi-automatiques tassés devant des moniteurs de surveillance. Comme d'habitude, d'une grimace sympathique, d'un geste lent de la main et d'un bonjour laconique, ils lui firent signe de passer. Il appuya son code à nouveau dans un boîtier noir fixé au mur. Une grosse porte blindée s'ouvrit. Elle menait à son bureau.

Pas du tout ce qu'il voulait, mais une fiche de paie valait mieux que rien du tout. Là depuis dix mois, il ne rechignait pas ni n'attirait l'attention sur lui. On le laissait tranquille, oubliant presque qu'il était là. La mine des plus sérieuses, s'appliquant à paraître occupé, il rêvassait beaucoup. Réussir à créer l'impression d'être très pris était un art qui relevait presque de la prestidigitation. La journée, le smartphone logé dans la boîte à gants de sa voiture lui manquait terriblement. Tel un ado accro, il s'était habitué à en dépendre pour tout et n'importe quoi.

Rémy avait un système. Il s'occupait d'abord des dossiers les plus urgents, puis des plus importants, et finalement de ceux qu'il soupçonnait de devenir prioritaires sous peu. Il achevait en cinq heures le travail de huit heures. L'absence d'Internet rendait les heures de bureau monotones. Chacun dans sa bulle, le chef y compris, gardait le nez dans la paperasse se souciant d'apporter sa pierre au projet du moment. Facile à gagner, cet argent exigeait de Rémy une souffrance morale, un effort surhumain de copinage avec l'ennui.

Des feuilles en pagaille recouvraient chaque centimètre de son petit bureau. La poubelle débordait. Refusant d'allumer l'ordinateur et les deux moniteurs juchés sur un Varidesk, Rémy mettait de l'ordre dans ses tiroirs. Ayant dépassé le stade où l'on se fout de tout, il reprenait le contrôle de son environnement avant d'organiser ses pensées. Ce travail ne servait qu'à financer une vie rangée.

Il s'était assagi, faisait tout pour garder son emploi, se levait tôt, et ne cherchait plus à impressionner la hiérarchie. Cela aurait été futile. Il faisait partie des meubles. Elle s'asseyait sur lui considérant sa loyauté et sa présence comme allant de soi. Elle ne souhaitait pas non plus lui lancer de la poudre aux yeux. Plus besoin de le courtiser, ou de le convaincre d'accepter un emploi dont personne ne voulait. Ça ne servait à rien d'impressionner des gens qu'on n'aime pas et qui ne nous aiment pas. Ils penseraient ce qui leur plairait. Au bureau, tout le monde se fichait du ressenti d'autrui, bien qu'ils fissent semblant du contraire. C'était comme ça !

Rémy ferma la porte de son cagibi et serra les yeux pour se recueillir, se soustraire à la vue de ses collègues, et se relâcher un peu. Des vagues aux franges d'écume lascive balayaient l'étendue azurée, puis venaient choir sur un sable blond fin comme de la poussière d'or. Cette vision l'enivrait. C'était ça, la liberté, pour Rémy : avoir les pieds dans l'eau et la tête dans les nuages. Il détestait tant toutes les formes de contrainte, l'autorité et l'ordre qu'on lui imposait chaque jour qu'on l'eût cru anarchiste. Il en venait à ressentir de la nostalgie pour le pays de son père ; ce lieu lointain où sa volonté désentravée de la peur et de la routine, libre d'inventer une vie d'aventures et de conquêtes, s'épanouirait, il le savait. Il allait lever l'interdit de la mère.

Le vernissage d'un art-thérapeute, la seule connaissance qu'ils avaient en commun avait fourni l'occasion de leur rencontre. Svelte et délicate, Danielle s'était distinguée dans une foule de curieux. Par manque de confiance ou par fausse modestie, pourtant jolie femme, elle agissait comme quelqu'un qui ne se doutait pas de l'effet qu'elle avait sur les hommes. Elle bouleversait Rémy. À contempler ses yeux de biche au noir profond, il en était venu à se sentir pénétré de sa douceur, et avait jeté son dévolu sur elle. Une flûte remplie de champagne à la main, elle s'égayait, déambulant nonchalamment dans la galerie parisienne. Attirée par l'énergie qui en émanait, elle s'arrêtait de temps à autre devant un tableau coloré. On oubliait son petit nez hautain à la vue de ses lèvres délicieusement sculptées sur lesquelles un sourire se figeait. Un jour, elle serait sa femme.

Danielle jouait à l'ingénue et lui, intimidé, espiègle, fixa ses pieds avant de la taquiner :
« Oh mon Dieu, Mademoiselle, que vos pieds sont grands ! Vous faites du combien ? »
Elle lui tourna le dos, choquée, lui tenant rigueur de son affront ; décidée à l'éviter le reste de la soirée. « Qui dit des choses pareilles à quelqu'un qu'il ne connaît pas ? » Le rustre qu'elle ne parvenait plus à sortir de sa tête l'incommodait. La technique de Rémy avait fonctionné. Elle consistait à se distinguer. Obnubilée, encline à lui rendre la monnaie de sa pièce, Danielle chercherait à l'humilier s'il osait à nouveau lui adresser la parole. Cette fois, elle le recadrerait bien comme il fallait.

Entouré de deux femmes remarquables à l'autre bout de la salle, il lui lança un sourire, faisant mine de s'approcher. L'occasion de le remettre à sa place se présentait. Il lui fallait la saisir. Les personnes bafouées ressentaient toujours le besoin d'un dénouement favorable, d'une clôture avantageuse. Rémy avait misé sur cette particularité de la nature humaine. Transie par un rictus vengeur, elle mordit à l'appât.

Alors qu'il s'approchait la transperçant de son regard souffreteux, Rémy palpait la tension vive dans le faciès de sa proie. Il changerait de registre à l'instant où elle l'attaquerait. Se prenait-il pour un fin stratège ? Il se montrerait charmant avant de se confondre en autodérision. Une fois prise dans les mailles de son filet, il la désarçonnerait. Devant un zigoto pareil, impossible d'attiser sa colère. Une chose en amena une autre. Il la fit ricaner. Elle s'esclaffa aussi. Ils allaient garder le contact, après tout. Quelques semaines plus tard, en fin de compte, elle tomba dans son lit où passionnément, blottie contre lui, elle le détesta.

Vingt ans plus tard, toujours rien ne prédisposait Rémy à devenir un bon époux quand ils se retrouvèrent. Il n'en avait pas l'étoffe. Il râlait trop, partageait sans filtre ce qui lui passait par la tête, et négligeait de faire plaisir à celle qui était maintenant sa femme. Il jugeait tout trop vite, et irritait Danielle avec ses sentences définitives. Il avait réponse à tout, mais faisait des efforts pour garder la bouche close. En vain. Rien ne marchait. Son air coquin le trahissait. Il ressemblait à ces hommes égoïstes à qui il faut gratter les couilles pour qu'ils restent tranquilles.

Grogner passait pour son activité préférée quand ils recevaient du monde. Livré à lui-même, il ne servait plus à rien de se plaindre. Il fallait d'un public pour que cela en vaille la chandelle. Supporter un mari comme lui exigeait que l'on soit plus futée, que l'on dispose de la patience de Job, et surtout d'un grand cœur magnanime.

TROIS

— Il y a quelqu'un dans ta vie en ce moment ?

Incrédule, Rémy baissa la tête, plissa les paupières, hésita puis lâcha d'une voix ferme :

— Pourquoi cette question ? Ça fait deux ans qu'on ne se fréquente plus.

Christiane l'avait chassé. Ils avaient vécu ensemble à Fairfax dans une enclave dans la banlieue de Washington. Pendant trois années, emmuré dans un nid d'amour, dans un temple où le Kama Soutra était un évangile qui se suivait à la lettre, Rémy avait abusé de ses charmes. Las, avachi, sous l'effet des médicaments, sa virilité perdit de son mordant face à l'insoutenable lubricité de la maîtresse des lieux. Sommé de récupérer ses cliques et ses claques, et de débarrasser le plancher, il partit dans la joie et le soulagement. Il en avait marre de jouer à l'étalon.

Rémy s'installa dans un village au nord, aussi loin de Christiane que possible, à la pointe de la Virginie. Il fallait plus d'une heure de Fairfax pour arriver à la confluence du Shenandoah et du Potomac, près de Lovettsville. Leur relation n'avait été qu'un échange charnel vidé de sentiments, disait Rémy. Se bernait-il ? Cherchait-il à se disculper de toute responsabilité dans leur échec ?

Quand une femme l'appelait, fût-elle une cousine ou bien une tante, Christiane, redoutable, lui faisait des histoires. Il avait, selon elle, des vues sur tout ce qui bougeait. À Christiane, Rémy reprochait sa jalousie morbide. Il la blâmait pour la perte de sa libido. Et avec tout le toupet qu'il lui connaissait, elle osait encore l'appeler, comme si elle restait digne d'une once de son affection.

— J'ai du mal à rebondir. Voilà, j'avoue. Tu me manques. Crois-moi, j'ai tout fait pour t'oublier.

— Personne ne m'arrive à la cheville, hein, c'est ça ?

— Tu peux dire ça si tu veux. Viens dîner chez moi ce soir. [Après une longue pause]. J'ai peur de te perdre. C'est vrai ce que j'entends ? Tu pars en Afrique pour une semaine ?

Rémy inspira bruyamment, puis grogna.

— Qui dit ça ? Laisse, ça n'a aucune importance. Les occasions de t'envoyer en l'air ne t'ont jamais manqué. D'ailleurs, tu n'as jamais eu besoin de moi pour ça. Pourquoi ce revirement ?

— Je te cause d'amour. Arrête !

— Tu as ébranlé ma confiance et tu veux que je vienne manger chez toi, ce soir ? Tu as gâché notre moment et m'as fait perdre un temps fou. Ne t'occupe plus de moi, espèce de nympho caractérielle. Vis ta vie. Suis ta raison. Allez, passe une excellente journée.

Quoique Rémy s'en doutât un peu, nul ne savait au juste ce dont elle était capable. Une semaine après leur rupture, elle avait poussé l'audace jusqu'à le traquer au fond de sa campagne pour lui imposer sa visite. Confrontée à son refus catégorique de reprendre la relation, elle avait bouché ses W.C. en y jetant une matière que le plombier lui-même n'arriva pas à identifier, occasionnant un débordement nauséabond, le remplacement d'un cabinet d'aisances, et des dépenses inattendues. De quoi le traumatiser.

Parfois méchante et brutale, elle se serait sentie bafouée et aurait explosé de rage si elle avait appris qu'il avait renoué avec une ancienne flamme depuis son départ et s'était marié.

Dire non à Christiane coûtait cher. « Pour vivre heureux, vivons cachés », se répétait Rémy. Afin de protéger Danielle, il en tut l'existence. Elle n'aurait pas fait le poids devant une folle furieuse comme Christiane de toute façon, et ne méritait pas de faire les frais de sa rage.

QUATRE

Un fantôme cherchait à le mettre en garde. Des relents de muscade taquinaient ses narines, un sourire se formait sur son visage engourdi. Des images de l'enfance défilaient excitant son imagination, rendant le chuchotis intelligible. Hanté par des visions de man Cécé à l'approche de la traversée de l'Atlantique, Rémy avait du mal à trouver le sommeil. Le dos voûté, le fichu de madras bien ajusté sur une touffe blanche de cheveux crépus, sa grand-mère lui apparaissait juste avant un événement capital, de manière prévisible. Elle avait retrouvé ses ancêtres depuis une décennie déjà sur une rive lointaine, de l'autre côté de la mer, en Guinée, peut-être. Son souvenir guidait les pas de Rémy.

« Toujours plus d'amour. Commence par toi-même. » Il ne savait pas comment satisfaire man Cécé. Il n'y comprenait rien. Ce message le mettait à mal. S'aimer soi-même ne voulait rien dire, pensait-il. « Comment fait-on ça ? » Ce pèlerinage tardif au pays de son père l'aiderait à mieux se connaître, peut-être même à s'aimer et à enfin entendre ce que sa grand-mère lui répétait. Il espérait vraiment cette possibilité d'un renouveau personnel. Cet héritage millénaire lui révélerait un monde méconnu. En acceptant son identité de fils d'une tradition qui se dérobait, malgré lui, il retrouverait courage et vigueur, deviendrait le légataire d'un royaume dont nul n'osait parler. Comme s'il avait gagné gros au jeu, à l'orée de la reconquête, Rémy trépidait.

— Bonjour cousin. Nous sommes tous impatients de te

rencontrer enfin. Tic-tac-toc. Nous comptons les jours, les heures, les minutes, les secondes. Tic-tac-toc. Tu as des médicaments contre le palu ?

— Oui, ne t'inquiète pas. J'en ai, mais je ne les utiliserai pas. Ça donne des hallucinations.

— Tu rigoles ? Il ne faut pas jouer avec ta santé. Tu dois les prendre.

— Les moustiques ne m'aiment guère, et ne m'ont jamais gêné. C'est plutôt l'eau qui m'inquiète.

— Tu en consommeras de la minérale. Oublie le robinet. Tu n'as pas les anticorps africains.

Le jour du départ, Rémy et Danielle sortirent du lit à dix heures, et prirent un petit déjeuner simple, du café et des biscottes beurrées. Sur un ton mi jovial, mi-sarcastique Rémy annonça : « Le décollage aura lieu à dix-sept heures cinquante-cinq. Après une escale de 3 h 30, nous quitterons Bruxelles pour Douala où nous atterrirons à dix-sept heures trente-cinq le premier jour de décembre, après quatorze heures passées, confinés dans une boîte à sardine sans pouvoir se doucher ».

Il révisa ses notes dans un calepin repensant à la grand-mère paternelle dont ses sœurs avaient beaucoup parlé au téléphone. Comme s'il le voyait pour la première fois, il fut subitement frappé par le mot « drap » qui revenait souvent. Eurêka. Il s'était échiné à chercher le parfait présent. De beaux draps en coton égyptien à 400 fils blancs accompagnés de taies d'oreillers, une garantie de qualité et de luxe, voilà ce qu'il lui offrirait ; des choses si pratiques qu'on y pensait rarement. Elle comprendrait, il espérait, le profond respect dont elle faisait l'objet.

Il se rendit à la banque pour payer la traite de la maison, à la poste pour expédier des factures, signaler son départ et réclamer la suspension temporaire de la livraison du courrier. Avec ou sans Uber, il arriverait à l'aéroport trois heures avant le vol. Le téléphone bipa au moment où il se garait. Un SMS de Christiane s'afficha : « Dis-moi quand tu pars et quand tu reviens. Je veux te déposer et te récupérer à ton retour. Je ne te lâcherai pas. Ne m'oublie pas. » Sans y réfléchir à deux fois, Rémy effaça le message.

En fin de compte, ils prendraient la voiture. C'était plus facile comme ça. Il la laisserait sous surveillance dans le garage de l'aéroport pour dix dollars la journée. Les autres voyageurs faisaient place. Danielle et Rémy avançaient avec l'assurance de ceux qui se savent attendus.

Ils étaient en avance. Un agent enregistra leurs bagages. Ils descendirent ensuite se soumettre aux contrôles de sécurité, deux étages plus bas. De leurs museaux, des chiens nerveux passaient au crible la file de voyageurs. Une fois les sacs à main et les petites valises dans le scanneur, nul besoin de se vider les poches, de retirer l'ordinateur de la sacoche, ou de placer ses chaussures dans un bac en plastique. Danielle se réjouissait de ne plus devoir se courber. Elle avait mal au dos.

Dans une zone d'embarquement bondée, devant le comptoir de United Airlines, Rémy sentit un regard se poser sur lui. Une femme le détaillait, le sourire discret. Que voulait-elle ? Il fit un léger mouvement des lèvres en retour. Danielle se rapprocha. Rien ne lui échappait. L'inconnue scrutait son mari avec une insistance déplacée. Ne sachant quoi faire pour dissiper la maladresse, Rémy lança, gêné :

— C'est bien à Bruxelles que cet avion va, n'est-ce pas ? On aurait dit qu'il part directement pour l'Afrique.

— Oui, oui, Bruxelles, c'est bien ça ! Je transite par Bruxelles pour me rendre en Afrique comme la plupart des personnes ici. Je suis moi aussi africaine. Naturalisée Ougandaise ! ajouta-t-elle, en bafouillant. Je possède une maison à Entebbe, mais à l'origine je viens du Texas. Elle avait décidément envie de parler.

— Incroyable. Qu'est-ce qui vous a incité à faire ça ? demanda Rémy, plus par politesse que par curiosité.

— Tous mes bébés chocolats. Mes petits orphelins. Certains souffrent du paludisme, en ce moment. Ils ont besoin de moi. Les employées n'arrêtent pas de m'appeler pour se plaindre des hôpitaux qui ne font pas assez pour les secourir. Rien ne fonctionne normalement. Alors j'y vais. Quand une femme blanche signale un problème, les médecins s'activent. C'est quand même dément l'Afrique !

— C'est donc pour ça que vous prenez l'avion ? Pour les pousser à faire leur boulot ?

— Oui. Les enfants ont besoin d'assistance. Je suis pasteur et infirmière de formation. Mon mari s'occupe de nos ouailles ici en mon absence.

— Merci pour vos bonnes œuvres, madame, et pour tout ce que vous faites pour eux, dit Rémy affectant une profonde sincérité. Vous faites preuve d'altruisme, et vous semblez heureuse.

— Très.

— Que la grâce du seigneur soit avec vous alors !

Danielle réprima un sourire. Sa surprise était immense. Lui, Rémy, qu'elle n'arrivait jamais à convaincre d'aller à l'église avec elle, parlait maintenant de la grâce du seigneur ? Qu'est-ce qui lui prenait ? Elle savait à quel point les bondieuseries lui déplaisaient.

Un agent d'escale annonçait le retard de l'avion :

— Il faudra patienter une petite heure. Attendre encore un peu avant l'embarquement.

Rémy et Danielle disposaient d'assez de temps pour

faire le tour du terminal. Ils s'activeraient. On trouvait de tout, du duty-free, une bijouterie, des restaurants, des librairies, des magasins de souvenirs, une boutique de gadgets électroniques, des bars, des sandwicheries et des cafés.

À bord de l'avion, grand fut leur étonnement quand ils retrouvèrent la missionnaire installée dans la rangée de sièges étroits qu'ils devaient eux aussi occuper. Elle s'écria « Alléluia », en les voyant. Rémy se sentit coincé, et refusa de s'ébahir davantage sur ses bonnes œuvres en Afrique. Il avait chaud et prit une mine patibulaire. Une demi-heure après l'heure du départ reprogrammé, la voix du capitaine retentit dans la cabine pour expliquer les raisons du retard. Des techniciens travaillaient sur le moteur. Sous l'œil effaré de Rémy, Danielle tira une neuvaine de son sac à main. « Les réparations achevées, vous pourrez profiter de la climatisation. » Rémy ôta son pull. Il étouffait. Une demi-heure de plus s'écoula. L'avion fut évacué, et les passagers se retrouvèrent à nouveau dans la zone d'attente du terminal.

Une heure plus tard, tout rentrait dans l'ordre. On allait pouvoir décoller. Le réembarquement allait être immédiat, sauf pour la vingtaine de personnes en partance pour le Cameroun. Face au tollé général, une représentante aux allures de matrone expliqua que dans l'incapacité d'assurer la correspondance de certains voyageurs, la compagnie avait fait enlever leurs bagages de la soute, et qu'ils prendraient un autre vol pour leur destination le lendemain soir à la même heure. Le groupe manifesta son mécontentement bruyamment au personnel du service client. Il fallait faire autant de tapage que possible ; décliner son insatisfaction pour en tirer le plus grand avantage pécuniaire, disaient certains. Des rendez-vous importants seraient ratés à cause de United Airlines.

Le lendemain, tout ce beau monde serait redirigé vers Paris Charles de Gaulle où après huit heures de vol, le jour d'après au petit matin, il prendrait une correspondance pour Douala et y arriverait le 2 décembre à dix-sept heures vingt. Les réclamations devaient se faire sur Internet. En attendant, Danielle et Rémy récupérèrent leurs valises du tapis roulant avant de rentrer à la maison en silence.

— Il ne faut jamais blâmer une contrariété, avisa Danielle prenant un air sage, probablement encore sous l'influence de l'Évangile.

— Oui, et heureusement qu'on est revenu ce soir. Deux semaines plus tard, et je t'en aurais voulu, à toi aussi. Tu as oublié de sortir le sac-poubelle rempli des restes de la veille. Il est ouvert sur le comptoir où tu l'as laissé. Bonjour insectes, larves et mauvaises odeurs.

CINQ

Malgré le temps maussade et la température glaciale, Rémy débordait d'énergie. Son sommeil avait été réparateur. La contrariété de la veille l'avait forcé à ralentir, à sacrifier une journée de vacances à l'inactivité, et à se prélasser. Danielle et lui repartaient pour l'aéroport décidés à disputer quiconque empêcherait leur envol vers le Cameroun. Cette fois-là, afin d'éviter le calvaire de la veille, au lieu de trimbaler des bagages lourds et encombrants entre un parking excentré et le terminal, Rémy déposa Danielle et les valises à la zone des départs avant d'aller se garer au stationnement longue durée. Le trolley qu'elle trouva tomba à pic, son dos lui faisait encore mal. Loin des bousculades, en face des guichets, Danielle s'installa à l'écart des voyageurs afin d'attendre Rémy en paix.

Trente minutes semblaient excessives. Il n'avait rien à charroyer, il aurait déjà dû être là. Le garage n'était pas si loin, et il prenait une navette. Se mordillant les lèvres, d'un regard acéré, elle cherchait au loin, la silhouette de son mari. Et s'il lui était arrivé quelque chose en chemin, un malaise, par exemple ? Son pied marquait crescendo un rythme saccadé. Elle s'impatientait. L'heure avançait. Prise d'effroi, elle se leva subitement, tâta ses poches pour trouver son portable et interroger l'absent. En redressant la tête, elle laissa échapper un soupir. Elle venait de l'apercevoir. Il approchait maintenant à grandes enjambées. Il fallait se presser d'enregistrer les bagages, et de se soumettre aux contrôles de sécurité afin d'assurer le départ, pour de vrai.

Ils transiteraient par Paris, au lieu de Bruxelles, cette fois. Le petit groupe en rade de la veille se retrouva au fond de l'avion. Il ne parlait plus de compensations et ne revendiquait plus rien. Un calme inquiétant régnait. Certains priaient en silence, pour qu'aucun pépin ne vienne retarder le vol. Sous les regards perplexes des autres passagers, quand l'appareil décolla un soulagement audible s'échappa de la section. Ils semblaient bizarres, ces gens-là. « Était-ce des fanatiques religieux ? » On se posait des questions sur leur compte.

Le départ pour la France se déroula comme prévu, sans contrariété. Il fallait rester vigilant. Chassé par cette anticipation fébrile qui attise l'éveil, le sommeil guettait comme un tourmenteur à l'affût. Tôt ou tard, il reviendrait se venger de son renvoi sommaire. Le personnel navigant défila cinq ou six fois dans les rangées en l'espace de sept heures afin de proposer des collations. Sans être repus pour autant, les passagers se sentaient dorlotés.

Même à moitié éveillé, en autopilotage y transiter est une aubaine qui ressemble à un rêve pour qui aime Paris, cité enchanteresse, une des plus belles au monde, construite avec soin pour faciliter l'essor de la pensée. L'aéroport de Roissy Charles de Gaulle, avec ses terminaux tentaculaires, ses couloirs de tapis motorisés et ses boutiques lumineuses, n'enlevait rien à l'angoisse que Rémy ressentait à l'idée de manquer la correspondance pour Douala. Ni lui ni elle ne disposait d'une carte d'embarquement pour le moment ; mais Danielle demeurait sereine, sa famille vivait là, à Paris. Si elle ratait l'avion, au moins, elle les reverrait. Dans trois heures, il décollerait. La priorité restait de trouver un agent d'Air France au plus vite, quelqu'un capable de les aider. Dans l'immédiat, un autre contrôle de sécurité s'imposait, puis une navette pour changer de terminal. Il fallait s'activer.

À la sortie du scanneur, cette fois-là, une femme au sourire interdit décida de retenir le sac de Rémy. Ça se voyait, elle lui tapait sur les nerfs. Pourquoi l'enquiquinait-elle donc ? À Washington, aucun chien de police ni agent de sécurité n'avait jugé utile de le turlupiner ainsi. L'heure avançait. Insouciante, elle attendait du renfort. Rémy échangeait des yeux ronds avec Danielle. Pendant la traversée de l'Atlantique, son sac n'avait pas quitté le compartiment au-dessus de leurs têtes. À quoi rimait cette mise en scène ? Obtiendrait-elle une prime pour avoir cassé les pieds d'un maximum de voyageurs ? Pourquoi ce retard ? Ils s'inquiétaient. De mains gantées de latex, elle sortit doucement du sac, un à un, livres, carnets, stylos, ordinateur, disque dur externe, chargeur, feuilles de papier, miroir, médicaments, puis, l'œil sadique au reflet criminel, elle s'attarda sur la trousse de toilette, en enleva un tube de pâte dentifrice et un flacon d'huile de ricin à moitié vide.

— Non, non, et non rouspétait Rémy. J'ai besoin de me brosser les dents, moi aussi.

— Ce tube n'est pas autorisé, Monsieur. Il est trop grand.

Rémy retira le tube des mains de l'agent pour en faire sortir une larme dans l'espoir de démontrer qu'il ne s'agissait pas d'un explosif. Effort vain. Le flacon d'huile, il n'en démordait pas, était indispensable à sa peau sèche. Rien à faire, non plus. La chipie ne voulait rien entendre. Elle ne le regardait même plus, confortée dans son entêtement par une armée de collègues arrivés en renfort.

— Le règlement c'est le règlement.

Ces mots ne faisaient rien pour arranger l'humeur de Rémy. Ils l'offensaient plus qu'autre chose.

— Conformiste, va !

À Washington, aucun agent n'avait fait cas de ces petites choses-là. Des machines à détecter les explosifs ainsi que des chiens policiers plus performants encore avaient déterminé qu'il pouvait continuer de se brosser les dents et s'enduire de son huile de ricin s'il le désirait. Voilà qu'en France, une mal embouchée à laquelle il n'avait rien demandé le condamnait à poursuivre son trajet la peau sèche et l'haleine fétide. Rémy rageait contre une attitude intransigeante, lourde, et si familière aux procéduriers.

À l'arrêt de bus au bas du bâtiment, une foule groggy, mal lunée, examinait chaque inscription pour vérifier la direction de son terminal. Blasé, le chauffeur perdait un temps fou à rassurer les passagers chichiteux qui l'interpellaient. En effet, il les menait à bon port. L'aéroport dont l'organisation défiait toute logique en devenait inefficace. Danielle maîtrisait la situation. Insidieusement, le sommeil revenait se venger. Il fallait résister encore un peu. Dans le deuxième avion, ils pourraient finalement s'endormir.

Avec ses magasins de marque, son design futuriste, son long et large couloir principal, le terminal du départ avait l'allure d'un centre commercial haut de gamme. Ici, tout semblait plus chic qu'à Washington. Le petit groupe de la veille qu'ils apercevaient au loin devant avançait à pas fébriles vers une porte d'embarquement, comme eux, mû par la nécessité de trouver un agent et une carte d'embarquement.

Quand Rémy et Danielle bifurquèrent pour se rendre aux toilettes, ils entrevirent le comptoir d'Air France coincé dans le pli d'un mur. Le groupe l'avait manqué. Rémy fit rapidement marche arrière pour capter l'attention d'un vieux

Camerounais à la traîne. Il lui indiqua le comptoir et lui demanda de bien vouloir partager l'information avec les autres une fois ses formalités accomplies.

Leur carte d'embarquement en main, ils se précipitèrent aux toilettes les plus proches. Rémy obtint d'un usager une généreuse perle de pâte dentifrice. Finalement, il se brossait les dents. Ses ablutions terminées, devancé de plusieurs minutes par Danielle, il regagnait la compagnie des autres. Elle menait déjà le petit groupe au comptoir d'Air France. Rebroussant chemin, le vieux monsieur muni de son titre de transport lui avait déclaré ne rien devoir à personne. Son cas étant réglé, ce qui arrivait à d'autres ne le regardait pas. Il se retrouvait d'ailleurs au mauvais terminal parce qu'il avait bêtement suivi des côtiers. Lui, c'est à Yaoundé qu'il partait.

Le vol dura sept heures. Trop longtemps dans les nuages, Rémy voulait redescendre sur terre. L'avion se posait maintenant. Danielle palpa son impatience. Il était prêt à bondir pour sortir avant les autres passagers. Du compartiment de stockage au-dessus de leurs têtes, il ne restait aucun de leurs bagages. À peine la porte ouverte, sans l'attendre, Rémy se précipita à grandes enjambées vers le terminal. Épuisée par un très long voyage, Danielle peinait à maintenir sa cadence.

Au bout du couloir, un homme incontournable à l'allure martiale bloquait la voie. D'une main, il tenait un cellulaire à son oreille, et à la hauteur de son ventre, de l'autre, un signe démesuré. Son corps, comme son regard se figea et ses lèvres commencèrent à trembler. Le guerrier avança droit vers Rémy dont le nom se distinguait de plus en plus nettement sur la pancarte.

— Impossible de te rater. Tu es l'image crachée de ton père. Bonjour, je m'appelle Samba. Ta tante m'a chargé de te récupérer. Je travaille à l'aéroport. Elle t'attend avec les autres en bas. D'abord, on passe au contrôle des passeports, ensuite, on ira chercher vos valises.

Danielle pressait le pas et semblait requinquée. Des gouttelettes de sueur perlaient sur son front, ajoutant une touche d'originalité à son maquillage. Des ventilateurs ronronnaient, impotents, agitant mollement l'air. Il faisait une chaleur étouffante. Les nationaux et les visiteurs en deux files distinctes dans une salle immense se collaient les uns sur les autres pour empêcher aux resquilleurs de prendre leur place.

Agent de l'ordre, une femme sévère veillait au respect des consignes de sécurité. Partout, le thème dominant ce jour-là restait : stricte obéissance au règlement. Son corps tendu signalait qu'on avait intérêt à se tenir tranquille, et à faire ce qu'elle disait. Une fois la courte file des nationaux vidée, elle examina celle des visiteurs d'un œil aigri avant de s'écrier :

— Y aurait-il des descendants de Camerounais dans cette rangée ? Venez ici, tout de suite !

Munis de leur passeport étranger, une cinquantaine de voyageurs, dont Rémy, quittèrent la ligne au pas de course.

— Madame. Mon épouse n'est pas d'origine camerounaise. Peut-elle quand même me rejoindre dans la nouvelle file ? demanda-t-il à la matrone.

— Elle est blanche ou noire ?

Samba se chargeait déjà de récupérer les valises. Il refusa de les laisser lever le petit doigt, si ce n'est pour les lui indiquer. Dans la zone d'accueil, à peine arrivé, un tintamarre abrutissait la foule. Une jeune femme surexcitée accaparait l'attention de tout le monde en cognant l'un contre l'autre des couvercles de casserole. Un agent de police dépassé dans son irritation menaçait de l'embarquer. Les réprimandes ne suffiraient pas. Elle le narguait et esquivait ses assauts. De guerre lasse, il lui saisit un bras pour faire cesser le boucan. La jeune femme se dégagea pour sauter au cou de Rémy. Son visage lui disait quelque chose. Serait-ce une de ses sœurs ? Il avait vu sa photo sur Facebook et la reconnaissait enfin. Un oncle et une tante euphoriques se précipitaient aussi pour l'embrasser.

— Bienvenue au pays des deux mille royaumes, mon fils. Il y avait donc autant de roitelets dans cette Afrique en miniature ? pensait Rémy.
— Merci, mon oncle. Je suis ravi d'être là.
— Bienvenue chez toi, mon neveu. S'écriait la tante, à son tour.
Rémy leur présenta Danielle. Les sourires abondaient. Ils s'embrassèrent de plus belle.
— Allez, avançons, donc ! cria Samba.
Les autres frères et sœurs attendaient à l'extérieur, au-delà du périmètre de sécurité, dans le garage. Boko Haram, et des sécessionnistes anglophones sévissaient dans le pays. Les forces de l'ordre avaient dressé un cordon sanitaire pour limiter l'accès à l'aéroport et dissuader les tentatives d'attentats. L'heure de la fête enfin arrivée, rien ne pouvait plus gâter l'humeur.

De grands axes routiers modernes débouchaient sur de nouveaux quartiers en construction dont le luxe faisait déjà rêver. Les maisons en béton armé dans des rues presque désertes semblaient spacieuses. Le convoi avançait plus vite maintenant dans son interminable course. Un décor qui n'avait jusque-là rien eu à envier aux plus riches des métropoles du monde disparut subitement au détour d'un chemin pour faire place à des scènes atroces de délabrement urbain, d'agglomérations désaxées, à l'état brut et au tourisme impossible.

Des quartiers atrophiés s'étiraient à perte de vue, troubles, ratatinés. Autant de plaies croupissant dans une poussière brunâtre, sur un sol sans vigueur, où pullulaient des pauvres bougres frappés par la polio, rampant comme des larves au rythme d'un instinct de survie frénétique. Des fumées nauséabondes et rebutantes asphyxiaient des hommes à la vision défaillante. Des voitures pétaradantes, déchets du lointain Nord aux crocs pourtant si proches, si francs et si puissants, figés encore dans la chair noire aggravaient la laideur de l'agglomération, relâchant ces fumées de pots d'échappement qui recouvraient le ciel d'un voile grisonnant. Tout comme ces motos en provenance de Chine, assemblées dans la hâte pour rattraper de l'argent qui file au loin sans égard pour ce pays-grenier, à la traîne, d'où sortent des ressources humaines, et naturelles, dont a besoin le monde pour tourner. Les cheminées d'usines urbaines accéléraient la fin de ceux qui s'y engouffraient jour et nuit pour gagner leur mort dans la cadence macabre que dicte l'appétit des gloutons qui dominent ce monde-là.

Douala, tu es laide, avec cette pollution qui te mine, ces routes mal pensées, et cette vie qui s'étiole en ton sein. Tu souffres abominablement, du je-m'en-foutisme, de la négligence sans vergogne, et de l'abus sans répit de tous ceux qui te foulent de leurs pieds creux, affairés, comme ce pouvoir qui donne la mort.

Le convoi qui emmenait Danielle et Rémy vers Akwa-Nord se faufilait miraculeusement à travers les sinuosités d'une fourmilière noctambule, évitant à chaque fois, de justesse, l'accident fatidique. Et puis les voitures s'enlisèrent dans une marée noire de monde attroupée en plein axe routier. Rémy émergeait de sa torpeur, immédiatement happé par des bras vigoureux, embrassé par mille lèvres, une multitude de pupilles inconnues braquées sur Danielle et lui, autant de projecteurs illuminant leurs visages de leur implacable éclat. Des hululements accompagnèrent leurs pas jusqu'à un portail érigé face à une grande rue centrale sablonneuse. En compagne fidèle, Danielle suivait le mouvement.

Doucement, tour à tour, en signe de respect, ses sœurs, ses frères, ses tantes, ses oncles et tous ses cousins issus de la grande matrice Sawa tapèrent trois fois leur crâne contre celui de Rémy. Un bain de foule lavait comme un sacrement quarante années d'absence et de séparation. Et, bien qu'attendue, une apparition soudaine força le silence qui s'installa solennellement tel un entracte pour emboîter le pas de la doyenne, la maîtresse des lieux. Balayant l'assemblée d'un œil vif, velouté, aux aguets ; nonchalante, le pied chancelant, la volonté ferme, avançant avec précaution, le dos courbé, Aurélie, la grand-mère paternelle, puissante, intense du haut de ses quatre-vingt-quinze ans, interrompit la nuit. Émue devant l'intrus campé là dans son salon dans l'attente d'un signe de son approbation, elle ajusta son Kaba, sa grande robe colorée, et se braqua. La respiration suspendue, personne n'osa faire de bruit. Incrédule, elle le dévisagea longuement. Son faciès s'illumina. La vie renaquit. Elle reconnaissait la chair de sa chair en ce géant charnu, étranger, pourtant si familier. Devant la foule qui s'émouvait et reprenait son souffle, elle fondit en un sourire réconfortant, offrant la confirmation tant attendue, une véritable bénédiction.

Les djembés et les bilimbis éclatèrent dans une envolée

de liesse. Des batteurs aguerris attisèrent un parterre déjà embrasé. Les humeurs se délièrent, accompagnant les langues. L'enfant prodigue était enfin de retour au pays des ancêtres. Tout redevenait possible, et imaginable. Les esprits avaient accompli leur travail. La transe pouvait commencer. Les corps se trémoussèrent avec une violence croissante et frénétique.

Un personnage flamboyant, recouvert de paillettes, d'un maquillage et d'un accoutrement extravagant, fit son apparition dans la cour intérieure pour rendre hommage aux nouveaux venus. Mi-homme, mi-femme, la dégaine assurée, déstabilisante, et gracile, l'androgyne avança au milieu d'une foule survoltée qui ne faisait aucun cas de lui. Le regard hautain, puis torve, il exécuta une pirouette, et stoppa net pour contempler jalousement les danseurs turbulents qui investis par des rythmes décapants se déboîtaient les articulations. Comme à l'opéra, il se lança dans un saut périlleux sur une partition que lui seul entendait. Un plié par-ci, un fondu par-là, et d'autres gestes aussi grandiloquents. Une force qu'il ne maîtrisait pas l'emportait sous l'emprise du fou rire. La transe s'intensifia alors que la musique battait son plein.

Une voix insistante perça le bruit épais. « Ma copine. Ma copine. Il faut partir maintenant » se fit entendre distinctement. Tatie Anne-Marie avait parlé avec autorité du fond de la cour. Ce soir-là, le sommeil de Rémy fut mouvementé.

SIX

Il s'était ravisé, et retrouvé chez Christiane. Elle dînait tôt. Il l'avait rappelée pour s'excuser, et accepter l'invitation lancée cinq heures auparavant. Elle lui ouvrit la porte toute grande, un sourire victorieux aux lèvres.

Dans sa petite tenue, un déshabillé noir translucide agrémenté d'un porte-jarretelles en dentelle, la culotte de cheval à l'air libre, sans complexe, elle cherchait à susciter en lui l'émoi. Elle avait désespéré de le revoir. Maintenant, elle jubilait. Ses pommettes rougeoyaient. Il n'y avait pas de temps à perdre. Il était 18 heures. La soirée commençait mieux que prévu.

Le regard vicieux, rivé à sa chair, Rémy se tenait devant elle, viril et séduisant, un bouquet de roses à la main. Cela faisait un bail ! il ressemblait à un élève pénitent debout face à une maîtresse d'école capiteuse de qui il espérait une bonne note. Trop contente de le revoir enfin, elle lui pardonnait tout, l'insulte qu'il avait proférée, la distance qu'il avait maintenue, ainsi que le refus cinglant qu'il avait exprimé plus tôt dans la journée. Il était là maintenant, et tout pouvait redémarrer comme avant. Elle saurait juste quoi faire pour attiser sa flamme ; le manœuvrer jusqu'à son lit douillet.

De la cuisine ouverte, le gigot embaumait le salon et la salle à manger. Christiane s'y appliquait depuis plus d'une heure déjà. La table était dressée, mais pour le taquiner et dompter son désir, elle prenait le temps de le mettre en appétit. Quelques pas suffirent pour atterrir au salon pour un apéritif. Le mojito à point comme il l'aimait, avec beaucoup de menthe et de rhum, le détendrait. Une musique d'ambiance en sourdine donnait déjà le ton. La poitrine relevée, le regard ardent, le dos cambré, Christiane frémissait sous la tension dans son corps en manque. Piqué par la curiosité, lentement, Rémy approcha de ses lèvres un verre rempli à ras bord. Son désarroi grandissait. Il n'avait plus de parade.

Il n'aurait pas dû se retrouver là, seul avec elle, ce soir-là, mais c'était plus fort que lui. Il convoitait un fruit interdit, son corps plantureux. Des sensations refoulées se réveillaient. Il n'avait jamais désiré une femme aussi intensément. Elle lui avait manqué. Confronté à ses propres contradictions, investi par le regard langoureux de Christiane, perturbé, l'œil avide, il aspira le liquide acidulé, et vida son verre en un temps record. Elle connaissait cet homme pour l'avoir pratiqué. C'était un jeu ! Pour exciter, apprivoiser et asséner le coup de grâce à sa proie consentante, il faudrait que sa peau touche la sienne dans un léger frôlement ou une étreinte fougueuse. Elle se leva doucement, le sourire aux lèvres. Envoûtante, elle approcha à petits pas mesurés, faisant mine de vouloir remplir son verre, refusant de l'effaroucher. Prise d'un malaise soudain, elle se laissa choir à même le sol, entre ses jambes écartées. Il la connaissait assez pour comprendre l'astuce. Elle n'y allait jamais par quatre chemins, Christiane, et jouait maintenant au toutou en chaleur.

Obsédé, incapable de gérer son inavouable culpabilité, l'idée fixe qu'il ressassait, il l'agrippa, moite de sueur, d'un regard perturbé, et de ses deux mains lui enserra le cou mécaniquement usant d'une force accablante. Sa tête chavira. Le jeu érotique produisait en elle un effroi infernal. Elle remua incapable d'expulser un ultime gémissement. Son étoile s'éteignit. Il relâcha un long sanglot. Lorsqu'il reprit ses esprits, il nageait dans la sueur.

SEPT

La nuit avait été mouvementée. Elle l'avait transporté là où il ne daignait plus se rendre. Il ne fallait pas traîner, mais se préparer. Rémy se brossa les dents et se rinça la bouche avec de l'eau minérale tirée d'un pack stocké dans la chambre à coucher. Le mince filet et les coupures fréquentes de l'eau du robinet gâchaient le plaisir qu'on pouvait prendre à se laver. Il fallait se satisfaire d'un seau pour une douche froide à la timbale. Danielle et lui partirent rejoindre les parents sans plus tarder pour rendre hommage aux divinités de l'eau en ce dernier jour du Ngondo. Chaque année, les célébrations duraient trois semaines pour se terminer au début du mois de décembre.

Rémy et Danielle ne devaient rien rater. S'ils assistaient aux festivités, beaucoup de choses commenceraient à faire sens. Il fallait se dépêcher. Accompagnés des initiés du culte des ancêtres, les hauts dignitaires des différents villages de Douala et de sa métropole animeraient les cérémonies. À Douala, un quartier est un village.

Le peuple Sawa, constitué de tous les côtiers dont vingt et une ethnies, les Bassa, les Bakoko, les Bakweri, les Batanga, les Douala, les Banen, les Yabassi, les Mungo, les Mboko, les Bonambele et d'autres, pratiquaient le culte du Jengu, ou Mengu au pluriel, le culte des divinités de l'eau, qu'ils voyaient plus comme des intercesseurs auprès de NYAMBE WEKE, le Dieu créateur.

Le Ngondo permettait de communier avec les esprits du fleuve Wouri, les protectrices du peuple Sawa, et d'en renouveler la bénédiction. Les Mami-wata, ces enchanteresses aux cheveux crépus longs, aux dents du bonheur, diastème remarquable entre les incisives supérieures, bien connues des Bantous, vivaient dans les rivières, les fleuves et la mer. Des Sirènes bien africaines, elles amenaient bonne fortune et rétablissement à leurs adorateurs.

Les dernières cérémonies avaient débuté dans la nuit par une veillée de méditation soutenue, ponctuée de prières, de chants et de danses. Le lendemain, dès cinq heures, les dignitaires suivis de leur état-major et d'une foule d'hommes et de femmes en tenue traditionnelle parcoururent la ville à pied pour rendre hommage à deux souverains disparus. Chaque année, ils se recueillaient puis déposaient une gerbe de fleurs sur la tombe de Rudolph Duala Manga Bell, exécuté par pendaison le 8 août 1914 par l'envahisseur allemand ; et sur celle de King Akwa, Dika Mpondo ma Ngando a Kwa. Ils se dirigèrent ensuite vers la plage du Wouri d'un pas lent, majestueux, le visage grave, dans le silence de la nuit qui se dissipait.

Cinq minutes après sa descente de voiture, Rémy se trouva encerclé par une bande de troubadours qui chantaient à tue-tête, cognaient sur des tam-tams, accompagnant joyeusement chacun de ses pas. L'attention des passants se tourna sur le petit groupe bruyant. Ne comprenant pas ce qui arrivait, Rémy se pencha vers un de ses frères :

— Qu'est-ce qu'ils sont en train de faire ?

— Ils chantent tes louanges.

— Comment savent-ils qui je suis ?

— Oh. Tout le monde ici sait qui tu es, mon frère.

Donne-leur une petite monnaie si tu veux qu'ils s'en aillent.

Comment des gens qu'il n'avait jamais rencontrés, comme disait Cyrille, pouvaient-ils « savoir qui il était ? » Au plus, ils le devinaient, faisant peut-être une déduction par association.

La cérémonie attirait des familles entières en tenue traditionnelle. Chapeau, chemise et pagne pour les hommes. Kabas pour les femmes. Chacun arborait les couleurs des siens. Les colliers chatoyants, les amulettes, les chasse-mouches et les cannes distinguaient les notables. Habillés à l'identique, Rémy avait rejoint ses frères et sœurs une fois son pagne ajusté, et une toque de fibre de raphia vissée sur sa tête. Au bord du fleuve Wouri, une centaine de personnes portaient les mêmes couleurs et tissus qu'eux. Cela lui permit de prendre la mesure de l'importance de sa famille dans le clan.

Une voix de stentor s'éleva par-dessus la foule. Le président du Ngondo réclamait le silence. Le chant du ralliement retentissait déjà sur un rythme d'une grande beauté : « Ya, Malobè, Ya, Malobè, Malobè a si wèli Engômga », Malobè n'a pu résister à Engômga.
Les Sawa se moquaient de Malobè, autrefois une terreur aux marchés de Pongo. Ce Malobè qui se croyait invincible, mais qu'Engômga finit par vaincre. La légende originelle du Ngondo voulait que sur les marchés du Pongo, on trouvât les produits les plus recherchés. Les grands commerçants de la côte venaient s'y approvisionner. Un géant féroce nommé Malobè m'Etame M'etei se mit en tête de forcer chaque pirogue et chaque visiteur se rendant au marché à lui payer un tribut. Avec la complicité de ses frères également redoutables, ils terrorisèrent tant la population que personne

n'osa plus y venir.

Le chef du clan des Bonambele, Ngando a Kwa, demanda aux chefs de clans de la côte de s'unir pour faire face au danger commun que personnifiait Malobè. Il fit appeler Engômga Ngomninga, un parent par alliance du clan des Bakoko, du village Yansoki.

Après s'être soumis aux rites initiatiques, pendant neuf semaines, il prépara ses gris-gris et ses potions magiques et s'entraîna assidûment à la lutte dans le village Akwa avant de partir confronter Malobè, le géant. Après neuf jours d'observation ni vu ni connu, Engômga Ngomninga accosta la berge de très bon matin. Le combat fut terminé avant d'avoir commencé. La vigueur de Malobè ne fit pas le poids devant la force mentale d'Engômga.

Ligoté, puis jeté dans une pirogue, Malobè fut livré à un bateau négrier. Voici la légende que l'hymne du Ngondo relate. Elle consolide la cohésion des peuples Sawa, leur rappelant à quoi servait l'union.

Plus sensible à certains faits historiques qu'à d'autres, bien que personne n'en parlât expressément, Rémy en conclut que les chefs Sawa avaient été complices de la traite esclavagiste. Pourquoi livrer Malobè à un bateau négrier plutôt que lui couper une jambe ? La légende fondatrice le dérangeait.

La fête du Ngondo facilitait l'unité du peuple Sawa. Elle jouait un rôle fondamental dans sa cohésion et dans le maintien de la coutume. Elle garantissait la défense de ses intérêts économiques et le règlement des conflits. Le Ngondo avait jadis été le lieu où les litiges se résorbaient. Il avait permis la formation de coalitions pour venir en aide aux clans confrontés à toutes sortes d'agresseurs. Avec la chefferie traditionnelle, le Ngondo constituait un robuste pôle de résistance face à l'aliénation qui menaçait l'âme Sawa.

Après le chant du ralliement, la prière collective aux ancêtres l'esa ya mboa. L'invocation des miengu. Possédée par le jengu, l'assistance entra dans un état second de transe. Au son de clochettes, elle trépidait, se trémoussait sur place, et gesticulait. Par la prière collective, le Ngondo implorait les miengu de veiller sur le peuple Sawa, et de lui donner force, sagesse, intelligence, fécondité, pêches abondantes, bonnes récoltes, fraternité et amour.

Des concours de danse, de cuisine, l'élection de Miss Ngondo, une course de pirogue, et des luttes traditionnelles précédaient la plus poignante des scènes du Ngondo, l'immersion du panier sacré dans le Wouri. Au cours du festival, ce rituel était celui qui rivait le plus l'attention des spectateurs.

Un émissaire plongea dans le Wouri pour récupérer la missive des Mami-wata. Sous l'eau, il retint son souffle pendant cinq minutes. L'assemblée attendit son retour patiemment. Encore sec, à peine sorti, chargé du panier sacré et du message de l'au-delà, l'émissaire marcha jusqu'au roi, accompagné par les ekale, des initiés enduits de goudron, coiffés de raphia, et vêtus de feuilles de palmier. Les notables interprétèrent le message, et, sur la rive, devant l'assemblée et les caméras des chaînes de télévision locale, le roi lut solennellement son interprétation. Sa voix retentit :

— Grand peuple Sawa, aimez-vous davantage les uns les autres et respectez les autorités.

Quoi ? Une longue course de pirogues, des luttes traditionnelles, d'époustouflants spectacles de danse, des discours élaborés autour de la hutte sacrée interdite au commun des mortels. Une mise en scène fantasmagorique, et tout ça, pour quoi ? Pour entendre ça ? Rémy n'en revenait pas. Il n'en croyait pas ses oreilles. Sa grand-mère maternelle,

Man Cécé devait lui jouer un tour. Elle avait certainement infiltré les divinités de l'eau. « Aimez-vous davantage », il n'y avait qu'elle pour dire un truc pareil !

Quand Rémy essaya de partager sa déception avec un cousin, il essuya une rebuffade en bonne et due forme :

— Chut. On pourrait nous entendre. On ne badine pas avec ça. Ces chefs traditionnels exercent une influence considérable. Le pouvoir politique s'appuie sur eux. On en parlera plus tard.

Au marché, dans la rue, à Bonamouang, ou à Bonaberi, le même rituel se répétait. Partout où il se rendait, quelqu'un identifiait Rémy comme un fils de la grande maison. Il était, disait-on, le portrait craché du père avec le gabarit imposant du grand-père. Des personnes âgées arboraient de larges sourires pour lui manifester une révérence qu'elles tenaient à lui témoigner.

Le quartier populeux avait changé avec l'arrivée d'un grand nombre de migrants de l'intérieur, des ruraux, attirés par la réputation de Douala comme une ville où l'argent se ramasse dans la rue. Les Chinois déversèrent sur cette populace des cargos de motos bon marché à assembler sur place. Cela donna naissance à un secteur d'activité, et à une nouvelle nuisance urbaine, un pullulement de benskins dans le jargon local, des mototaxis qui venaient empiéter sur les bénéfices des chauffeurs de taxi traditionnels.

Voir trois, quatre et parfois même, cinq personnes sur une petite moto est devenu chose courante aujourd'hui, à Douala. Les conducteurs de ces taxis d'un nouveau genre, les benskinneurs, transportent des biens aussi bien que des personnes. L'afflux de Chinois et une pléthore de voitures d'occasion en provenance d'Europe contribuait aussi, selon les vacanciers, à rendre la ville méconnaissable.

D'une agglomération paisible, Douala était devenue une métropole incontournable de plus de trois millions d'habitants ; la ville la plus peuplée du Cameroun et la plus chère d'Afrique ; une attraction pour les ambitieux. Une ville en expansion où les grues et les nouveaux chantiers germaient. Certains quartiers en construction laissaient présager du luxe à venir, alors que d'autres faisaient encore pitié.

Partout, la même poussière brunâtre faisait oublier que les rues étaient en fait goudronnées. Autant de paysages urbains postapocalyptiques où l'on craignait que des zombies surgissent à tous moments de la pénombre pour s'en prendre aux vivants. La présence de policiers lourdement armés n'arrangeait rien à l'affaire et renforçait cette impression de danger imminent. Par la discipline et la retenue dont ils faisaient souvent preuve, ils parvenaient tout de même à rassurer Rémy.

De retour du Ngondo, un ami de Francelise, l'avant-dernière petite sœur, employé d'un bureau de change attendait au salon. Venu faire une transaction à domicile, il donna à Rémy une idée du salaire moyen du Camerounais par catégorie professionnelle. Rémy se servit de l'information pour évaluer ses offrandes.

Après le repas, il convoqua sa fratrie dans la chambre qu'il occupait pour procéder à la distribution des cadeaux. Il sortit d'abord un smartphone flambant neuf de grande valeur, et demanda qu'on lui indique qui en avait le plus besoin. Frères et sœurs se regardèrent perplexes, sans dire mot, et horriblement gênés.

Pour Rémy, solliciter leur avis de la sorte servait à éprouver les motivations de chacun. Quelques lourdes secondes s'écoulèrent. Ils s'accordèrent pour dire que Cassandra, la plus jeune, était celle qui méritait le téléphone. Elle en ferait un très bon usage. Depuis la perte de son emploi, elle n'avait pu s'en racheter un. Tout sourire, l'œil pétillant, elle accepta l'honneur qui lui était fait. À présent, les cerveaux grésillaient d'anticipation.

Danielle prit les devants et assura elle-même la relève. Ils formaient une équipe. Avec elle, les choses iraient plus vite. Elle maîtrisait le dossier cadeau mieux que Rémy. Elle savait qui voulait quoi, ce qui revenait à qui, ainsi que la taille de chacun. Elle avait démarché les magasins, alors que Rémy, lui, s'était contenté d'allonger l'oseille. Elle connaissait aussi l'Afrique mieux que lui. Il n'y était venu que deux fois. La première, à Dakar au Sénégal où il demeura pendant deux semaines, et la seconde, à Conakry en Guinée pendant deux semaines aussi.
Danielle, elle, avait passé son enfance ainsi qu'une partie de son adolescence au Sénégal. Elle anticipait mieux les attentes de chacun, et mesurait avec aise ce qu'une rencontre portait comme promesse ou menace. Ce Noir occidental qu'elle appelait mon mari n'aurait pas su interpréter la moue et les non-dits d'interlocuteurs inconnus.

On voyait déjà qu'il était différent. En public, à son insu, ses frères et sœurs le protégeaient. Sans considération pour les traditions, à cheval sur des broutilles, maniaque, incommodé par des peccadilles, un homme qui lui prenait la main pour marcher ou bien une mouche qui se posait sur son nez, il était bizarre, quoi... C'était presque une petite nature. Aux yeux de Danielle, il passait pour un snob.

Elle retira d'un grand sac les kits de maquillage Mac pour peaux brunes, ainsi que des flacons de parfum, des combinaisons, des chaussures de sport, des débardeurs, de multiples gadgets électroniques, des pantalons, des blousons à la mode, des colliers, des bracelets scintillants, quelques chapeaux de cow-boy, et une ribambelle d'articles pour tous les goûts. Vidé de son butin, amorphe, le sac gisait au milieu de la pièce. Il avait fallu éliciter auprès de chacun ce qui lui ferait plaisir. Partagés sur Facebook, les souhaits des petits donnèrent à réfléchir. Celui-ci voulait d'un pistolet, et celle-là d'une poupée Barbie blonde.

La satisfaction qui se lisait sur les visages fit place à de la panique ! Rémy et Danielle avaient oublié certains enfants rarement mentionnés. Il fallait y remédier au plus vite avant que les petits ne s'en aperçoivent. Les mamans s'accordèrent pour dire que des chaussures neuves feraient plaisir à leur marmaille. Elles seraient préférables à des jouets trop vite abandonnés.

Le lendemain, dans la matinée, trois mamans, Cynthia, Bianca et Hillary accompagneraient leur grand-frère et leur belle-sœur chez les grossistes chinois au marché du centre-ville. On y trouvait absolument tout.

Loin des envieux, la grand-mère et son unique fille, Anne-Marie, la tante de Rémy, la petite sœur de son père reçurent discrètement en plus de leurs présents, des billets de banque au papier ferme et à la sonorité craquante. Elles avaient ouvert leur porte et méritaient une attention particulière. L'oncle d'Amérique qui amenait Noël plus tôt faisait le triple du poids des autres oncles menus qui flottaient dans leurs vêtements, croyait-on lire dans les pensées de la fille de Cassandra. « Il faisait aussi deux fois leur taille et les dépassait d'une poitrine », se rassurait Rémy. Comment était-ce possible ? La malbouffe, pardi ; les hormones ajoutées et les aliments transgéniques qu'il consommait à longueur de journée. Cet homme mangeait beaucoup, mais ne savait pas s'alimenter.

Le neveu ventripotent serait mis à la diète le temps de son séjour. « La nourriture sera son premier médicament. On ne lui dira rien. Tout sera organique. Il se léchera les babines et n'y verra que du feu. Du Ndolé, des feuilles cuites comme des épinards, accompagnées d'une pâte d'arachide, préparées avec des crevettes et du poisson fumé. Du manioc bouilli, du gombo, du koki, des crudités, du sanga, de la salade, des gambas, du poisson braisé avec une sauce djansan, des bananes-plantains et des miondos. Du gâteau de pistache et une sauce de feuilles de manioc pour faire le plein de vitamines. On lui sortira la gastronomie camerounaise pour qu'il retrouve le vrai sens des bonnes choses. » Affaire réglée. C'était convenu, Tatie Anne-Marie en avait décidé ainsi. Le clan avait cotisé. Les services d'un excellent chef avaient été retenus. Il venait recommandé en haut lieu, et savait préparer tout ce qu'on lui demanderait.

HUIT

Le quartier des grossistes et des détaillants organisés autour d'eux pullulait de monde. Des vendeuses de rues rivalisaient d'efforts pour capter l'attention des passants. À la recherche de la paire de chaussures idéale, les femmes parcouraient les étals le long de sinistres couloirs, face à des entrepôts devant lesquels une Asiatique montait la garde, l'œil sur le moindre mouvement. En retrait, un homme dans la pénombre, Asiatique, lui aussi, surveillait les employés locaux qui eux s'occupaient des clients.

Rémy serrait sa sacoche au plus près. Il suait à grosses gouttes, décontenancé par l'agitation incessante des commis qui s'égosillaient. Dans le tohu-bohu de cette fourmilière humaine, les corps se frôlaient, et parfois, se bousculaient sans que jamais les regards ne se croisent. S'il s'arrêtait trop subitement, c'est sur lui qu'on se mettait à hurler. Circuler dans un marché surpeuplé s'apprend. Il fallait anticiper les mouvements et avancer sans gêner autrui. Cynthia se faufila dans un couloir qui débouchait sur un magasin où elle trouverait exactement ce qu'elle cherchait. Elle ne se retourna que pour prendre la main de son grand frère, le tirer à sa hauteur et lui parler.

— Les Chinois sont avec nous dans la chaleur et dans la crasse, pas pour défendre nos intérêts, c'est sûr. Mais à force, on dirait presque des frères.

— Des frères, tu dis ? Rémy, Cynthia aime bien les Chinois. Bianca ricanait.

— L'ancien colon était un gros fainéant. Il voulait tout

pour rien et ne mettait jamais la main à la pâte. Il nous prenait de haut, aboyait des ordres pour nous contraindre au labeur par la violence. Ces gens-là ne souhaitent pas nous voir évoluer. De nos jours encore, un dirigeant africain qui renonce à ces accords qui facilitent le pillage de l'Afrique se retrouve isolé, sanctionné et puis assassiné. Le tout est commandité de l'extérieur. Cynthia riait maintenant de ses propres paroles avant de continuer.

— Le Chinois, lui, met la main à la pâte. Il est bosseur. Il donne l'exemple et il nous aide comme on veut.

— Oui. N'oublie pas d'ajouter qu'il pille nos ressources lui aussi, et même quand il nous procure du travail, il nous fait trimer pire que des esclaves. Il nous dépossède de nos terres et nous exploite avec le sourire.

— N'écoute pas Bianca. Elle raconte n'importe quoi. Il emploie un grand nombre d'Africains, et nous soutient beaucoup plus que les autres.

— Toi là, tu es trop favorable.

— Et pourquoi pas ? Mon pouvoir d'achat a augmenté grâce à eux. Même si leurs produits ne sont pas toujours de très bonne qualité, j'y trouve mon compte, moi.

Un passant se mit à hurler. L'homme trapu, le regard courroucé postillonnait à la face d'Hillary, l'accusant de lui avoir marché sur le pied. Hillary ne comprenait pas sa colère qu'elle jugeait excessive. Après tout, elle n'avait rien fait exprès et se perdait déjà en excuses. Il revint à la charge, exigeant de l'argent. Le stoppant net, à son tour, Hillary déversa sa bile usant d'insultes bien dosées qui firent du rustre la risée des témoins. Sans demander son reste, il partit se cacher loin dans la foule.

Bianca reprit la conversation comme si de rien n'était.

—Je disais. J'ai acheté un de leurs téléphones qui

s'allume et s'éteint tout seul, quand il veut. Ça, c'est de la vraie magie chinoise. Il faut le faire. Ce n'est pas donné à tout le monde !

— Toi là, arrête de me faire rire. Nous bénéficions de la présence des Chinois. Ils vendent à des prix abordables toutes sortes de produits électroniques, jouets, vêtements, chaussures, et plein de choses encore, alors qu'autrefois on ne pouvait pratiquement rien acheter pour les enfants à Noël, par exemple.

— Des pacotilles, de la contrefaçon. Je ne blague pas. Tu déranges, Cynthia, avec ton fanatisme. N'oublie pas de mentionner les médicaments toxiques qu'ils nous vendent.

— Certains d'entre eux. Tu m'entends bien. Certains, ma sœur. Il y a toujours des bananes gâtées dans un régime.

— Ça suffit, oh. On ne peut pas parler avec toi, tu es trop bornée. Tu devrais prendre la nationalité chinoise.

— Rémy, les échanges entre nos pays ne sont pas nouveaux. Ça fait longtemps que les Chinois sont là et travaillent avec nous. La différence c'est que maintenant, ils restent et sont plus nombreux.

— En effet, interrompit Hillary. Ils ont construit beaucoup d'hôpitaux et de cliniques aussi, comme l'hôpital gynéco-obstétrique à Douala.

— Et l'hôpital de Mbalmayo. Celui de Guider, et j'en passe. Ajouta Cynthia. Ils améliorent notre parc hospitalier.

— Ils nous envoient des docteurs et des infirmières, et donnent à nos enfants des bourses pour partir étudier la médecine en Chine.

— Oui, oui, ils ont construit un palais des sports de 5000 places à Yaoundé ; un grand stade omnisports à Limbé ; un autre à Bafoussam ; un centre pilote des technologies agricoles à Nanga Eboko ; une minicentrale hydroélectrique à Mekin ; des routes, et patati et patata. Mais, là n'est pas la question. Ils viennent pour notre hydrocarbure, notre bois, et nos terres cultivables.

— Heureusement. C'est du gagnant-gagnant. Nous avons besoin de devises, d'investissements, et de nouvelles technologies pour nous développer, et eux, de pétrole. Écoute-moi bien. À plusieurs reprises, la Chine a effacé des dettes de l'ordre d'un milliard de dollars. Elle nous propose des prêts sans intérêt et de bonnes conditions de remboursement. Nous mettons à sa disposition les matières premières dont son économie a besoin, et elle nous fournit l'assistance technique qu'il nous faut. Pas de moralisme paternaliste avec elle.

— Moi là, aussi vrai que mon nom est Bianca, je te dis que l'endettement et l'aide sont des moyens de contrôle des pays africains. Va demander à tes anciens professeurs si c'est vrai. Toi là Cynthia, combien ils te donnent ? Tu es trop favorable.

— Madame l'économiste, tout ce qu'ils veulent c'est gagner de l'argent et réussir avant de rentrer chez eux.

— Comme nous, on fait chez eux, non ?

— Tu ne comprends pas.

— Ce que je sais, c'est que la Chine a donné une bourse à mon aîné pour partir là-bas étudier la médecine. Le gouvernement couvre ses frais de scolarité, son logement, et son alimentation. Tu veux que je me plaigne de quoi, au juste ?

— Laisse ma sœur, je te comprends. Tu es trop égoïste. C'est bien. Quitte. Vends ton pays, va. Avance. Continue à t'illusionner. Je n'ai plus rien à te dire.

— Ils désirent s'enrichir. Soit. Mais ils nous donnent l'occasion de le faire nous aussi. Ce sont des gens dynamiques et patients. Ils vivent frugalement, se sacrifient et travaillent dur. Moi, je dis que ce sont de bons exemples pour nos enfants. Si tu parles de leur racisme ; je te demande ma sœur, qui nous aime sur cette Terre ?

Une passante maquillée à l'excès dont les bourrelets refusaient de rester calés sous ses vêtements se mêla à la conversation :

— Pas si bons que ça. Y'a des Chinoises qui viennent rivaliser avec nos prostituées. Nos compatriotes sont très en colère.

NEUF

La chaleur était torride. Les négociations terminées à presque midi, avançant crânement en direction d'un tournedos, roulant du derrière, les mamans satisfaites prirent machinalement les mains de Rémy et de Danielle pour les entraîner. Elles voulaient se désaltérer.

Quelques mètres plus loin, une foule bruyante s'échauffait, mobilisée par un spectacle saisissant. Danielle pressa le pas instinctivement alors qu'Hillary tentait mollement de la retenir.

Les badauds alentour s'excitaient, virevoltaient et lançaient des pierres avec hargne sur un homme en sueur et en sang, défiguré par la peur. D'autres accouraient pour le frapper du poing et lui lâcher des jurons. Un malabar fit surgir un coutelas, et d'autres, un pneu de voiture qu'ils placèrent autour du cou du malheureux qui, le visage recouvert d'une épaisse couche de sang implorait à genoux leur miséricorde.

« Que s'était-il passé ? » Une mère de famille s'était écriée « au voleur » et game over. En le pointant du doigt, elle avait signé son arrêt de mort. Sans autre forme de procès, sur le trottoir de la justice, on l'accusait d'un vol à la tire.

Un enfant aspergeait le caoutchouc d'essence. Se sentant impuissante, prise d'un violent malaise, Danielle défaillit tout d'un coup ; terrassée par les insupportables cris du supplicié, la panique collective, et l'intense odeur de la chair qui brûlait. Tout se passa trop vite.

Bianca administra les premiers soins à sa belle-sœur. L'ironie voulait qu'une dilettante se pencha sur Danielle, elle-même infirmière. La police arriva dans la foulée pour sauver le pauvre bougre d'une mort certaine. Aucune arrestation n'eut lieu. Menée à Akwa aux urgences de l'hôpital Laquintinie, après des soins sommaires, la victime de la vindicte populaire fut menottée, enchaînée à une balustrade, puis abandonnée à ses gémissements. Ce voleur-là avait beaucoup de chance, disait-on. D'autres décédaient de leurs blessures.

Bianca et Cynthia se confondirent en excuses. Elles auraient préféré éviter à leurs invités un spectacle d'une si grande brutalité. C'était comme ça, elles n'y pouvaient rien. La palme d'or revenait à Douala. La justice populaire, disaient-elles, se dispensait libéralement et fréquemment parce que les forces de l'ordre ne faisaient pas leur boulot. Elles semblaient être les complices des malfaiteurs qu'elles relâchaient et qui retournaient dans les quartiers fustiger ceux-là mêmes qui les avaient dénoncés.

Une fois appelée, prétextant un manque d'agents, de voitures ou de carburant, la police refusait parfois de faire le déplacement. Officiellement, la crise déclenchée par la chute des cours du pétrole avait bon dos et expliquait tout... les coffres de l'État appauvris et les budgets réduits.

— Il faut comprendre, disait Cynthia, ces criminels n'ont aucun scrupule. Ils violent vos enfants, votre épouse, ou votre mère sauvagement sous vos yeux, puis leur tranchent la gorge. Ce n'est rien pour eux. Pourquoi faire preuve de pitié envers des monstres pareils ? Il faut traiter les gens comme ils vous traitent.

— Il est vrai que parfois, des innocents accusés à tort par une amante délaissée se font lyncher par une foule

remontée, interrompit Bianca. Il suffit de crier « au voleur »
pour régler son compte à quelqu'un que tu n'aimes plus ; « au
voleur », pour un mauvais payeur ; « au voleur » et, on te fiche
la paix.

Ce soir-là, Danielle n'arriva pas à s'endormir. Elle arrêta
aussi de parler. La petite lueur de joie dans son regard
s'éteignit. Lors d'une méprise, sous d'autres cieux, un de ses
cousins avait trouvé la mort dans des circonstances similaires.

DIX

Le père avait rêvé, gardé la foi et trouvé un moyen rapide de faire fortune. Son eldorado se situait à 145 kilomètres de Douala, à Nkongsamba, une petite ville dans le département du Moungo. Autrefois, la troisième du Cameroun, posée entre sept collines en pleine zone volcanique, flanquée de montagnes à l'ouest et de forêts au sud, une des régions les plus fertiles du pays. Un centre agricole incontournable où le manioc, les ignames, l'huile et le vin de palme, comme le maïs, le cacao, la kola, la banane, les tubercules, le coton, et surtout le café se cultivaient en abondance contribuant à la prospérité de la région.

Grâce aux sommes levées, prêtées par la famille, il put faire l'acquisition d'usines et d'entrepôts où pendant un temps, il géra l'empaquetage, le transport, la distribution et l'exportation des denrées, sources officielles de son enrichissement. Le père, alerte, à l'écoute, toujours prêt à dénicher une aubaine, fit l'acquisition d'un terrain grand comme quinze stades après une soirée de palabres en compagnie du chef de la localité, et se laissa convaincre d'y construire un campus pour une nouvelle école, une clinique pour la communauté, des immeubles d'habitation ainsi qu'une magnifique villa pour ses propres besoins.

La lucrative et intense culture du café, à elle seule, devait générer les fonds nécessaires à la réalisation de ses ambitions. L'homme touchait à tout, au commerce des denrées, au transport des produits et du bois, et à présent à l'administration d'une école, à la location d'un centre médical, et celle aussi de multiples appartements.

Il fallait graisser la patte de tous ceux qui pourraient un jour s'avérer utiles. Autant d'investissements stratégiques… Se prévaloir des bons rapports développés avec les notables, prenant soin de soutenir la chefferie locale dans ses initiatives, cultiver des relations de bienveillance avec des camarades en poste dans les divers ministères de Yaoundé afin d'obtenir dispenses et autres faveurs personnelles qui assureraient un avantage certain et ne coûteraient qu'une somme modique. Tout cela faisait partie du jeu. On l'assumait si on voulait gagner.

Nkongsamba était un lieu magique. Le père y réalisait ses rêves et y ramassait l'argent à la pelle. Il fallait savoir s'y prendre. Un temps doux et frais y avait attiré des Européens aventureux qui lui disputèrent la gestion de cette manne agricole. À la faveur du sol et du climat, dès 1938, leurs prédécesseurs avaient instauré la culture du café dans la région, et avaient sélectionné Nkongsamba pour le Robusta, et Dschang pour l'arabica.

— Nkongsamba est aujourd'hui une ville fantôme. Maudite même. Il n'y a plus rien là-bas. Plus d'emplois, plus d'infrastructures, plus d'activité économique. La plupart des jeunes ont quitté la région pour la ville, expliqua Didier.
— Il reste quand même le grand terrain de papa, avec la clinique, l'école, les appartements et la villa, s'écria Hillary.
— Oui, à l'abandon, tout ça ! Personne n'a plus les moyens de s'en occuper, et les locataires ne payent pas. Ce n'est pas possible de continuer comme ça. Il faut vendre.
— Pas d'accord. Il faut honorer la mémoire du vieux. C'est de son rêve qu'on parle.

— Alors, expulsons ces voleurs et remplaçons-les par de bons locataires, dit Cyrille.

— On fait comment pour l'avocat ?

Rémy ne comprenait pas comment des frères et sœurs qui avaient hérité de tant de biens ne possédaient pas un centime pour mener leurs affaires, et demanda timidement :

— Comment se fait-il que personne ne puisse payer un avocat ?

— Notre père a dû se battre comme un forcené pour faire valoir ses droits. Les envieux n'ont eu de cesse d'essayer de l'exproprier. Il en est même tombé malade. Le stress, les allées et venues à l'hôpital et au tribunal ont affaibli son organisme. Il avait négligé d'enregistrer l'acte de propriété en rendant la paperasserie aux autorités. À l'époque, tout le monde savait que ces biens lui appartenaient, donc on pensait que personne n'oserait le contester. Il a remporté les procès, mais ces affaires d'expropriation lui ont brisé le cœur.

— Qu'est-ce qui l'a tué ? Il est décédé comment ?

Rémy prenait soin de ne pas dévoiler la raison de sa curiosité. Son père était mort jeune. Il craignait le même sort.

— La sorcellerie, asséna Bianca.

— La convoitise. C'est ça le vrai fléau qui frappe l'Afrique, rétorqua Hillary. Tout le monde jalouse les richesses de leurs voisins. Quelques corrupteurs aidés de personnes sans scrupule ont causé sa disparition. N'écoute pas ceux qui disent le contraire. Notre père était un homme intègre. Il était respecté et aidait beaucoup les gens. Il avait de l'argent, était beau, éduqué, et tous ces corrompus l'enviaient. Trop jeune pour mourir. Tout s'est passé très vite, en moins de six mois. Mais avant de partir, il nous a fait jurer de te retrouver. Maintenant, le père, c'est toi, Rémy.

— Pourquoi Didier dit-il que Nkongsamba est une ville maudite ?

— C'est les gens de là-bas qui ont tué notre père. Ils l'ont fatigué. Il avait pourtant prédit que si on touchait à un cheveu de sa tête, le malheur s'abattrait sur la région. Depuis, personne n'a plus le cœur à l'ouvrage. Dans les années 90, avec l'effondrement des prix du café, du cacao et du coton, les Blancs sont partis les premiers. Beaucoup d'usines ont fermé. L'exode rural a frappé vraiment dur. Il a vidé le département de sa jeunesse. Sans elle, l'école du père comme toutes ses entreprises n'avait plus de raison d'être. La ville aujourd'hui est pratiquement morte. C'est pourquoi aucun de nous ne veut s'y installer, même si nous y sommes nés.

Ce que Didier disait décontenança Rémy. Il avait ajouté pour son édification. « Les Douala, dit-on, sont semblables aux Congolais. Bien s'habiller est un signe de respect pour soi et pour les autres. Ils aiment la mode et les belles choses, les beaux habits, le paraître, profiter de la vie, la bonne humeur, les plaisirs faciles, la jouissance. On s'amuse bien avec eux. Ce sont des ambianceurs. Ils sont un peu frimeurs, se font traiter de paresseux et d'inconscients alors qu'ils sont plus ouverts au monde, et sont avec les Béti, mieux éduqués aussi, que les autres ethnies. Pendant longtemps, ils ont dominé le pays et vendu des esclaves. Ce sont les premiers à avoir vu les Blancs arriver et à avoir négocié des traités avec eux. Ils se prenaient pour les patrons. Aujourd'hui, ils cherchent encore à retrouver la gloire d'antan.

Le Bamiléké, lui, est travailleur. C'est un laboureur, et un commerçant aussi. C'est connu. Mais, il est cupide, et vénal. Il n'y a que l'argent qui compte à ses yeux. On pourrait le croire respectueux. Il cache bien son jeu, il n'en est rien. Une fois qu'il obtient ce qu'il cherche, son vrai visage apparaît. Il veut tout contrôler, et prendre la place de ses anciens maîtres. Comme les Fulani au Nord, ils se reproduisent à une allure vertigineuse. Le Centre et le Sud sont dominés par les Béti dont les Ewondo, les Eton, et les Bulu font partie. L'actuel président de la République est Bulu et catholique. Ces gens-là sont semblables aux Gabonais. L'amour du football, de cette terre, nos symboles, l'éducation et l'histoire que nous avons en commun nous donnent un sentiment d'unité nationale. Mais rien n'est jamais totalement acquis. Les distinctions inspirent des tensions qui exacerbent la division. »

— Nous avons des amis Sawa à Limbé, dans la partie anglophone, annonça Cyrille, tirant Rémy de ses pensées. Demain, il vous faudra quitter Bonamouang vers sept heures pour éviter les embouteillages. Wallace, un frère de cœur, vous emmènera en visite, Danielle, Choupette, Tatie Anne-Marie, et toi. Il a des réunions toute la matinée là-bas. Une fois qu'il a terminé, il vous récupérera au Jardin botanique en dehors de la ville.

ONZE

La traversée de Douala se fit sans difficulté. À sept heures, on évitait les embouteillages causés par des travaux sur des routes en cours de réfection. L'absence de motos et de piétons envahissants permit aux passagers installés dans le confort de la Peugeot 508, berline agile et spacieuse, d'avancer de manière fluide, sans à-coups, sur des routes sinueuses, et d'observer en toute quiétude le paysage urbain déjà poussiéreux tôt dans la matinée.

Cette ville ne savait pas qu'elle était pauvre. Elle luttait pour survivre avec les moyens du bord, comme elle pouvait. Le décor changea radicalement une fois sur le bitume à peine sec d'une autoroute dégagée. La voie était bonne et lisse. Wallace poussait le moteur, et la chance, à plein tube. Des palmeraies symétriques défilaient des deux côtés de la chaussée à une vitesse étourdissante. À plus de 120 kilomètres à l'heure, la voiture tanguait. Il restait beaucoup de chemin à parcourir. En temps normal, de Douala, il fallait deux heures pour arriver à Limbé.

Coincée entre mer et montagne, Limbé ressemblait à une localité des Antilles. L'agglomération détonait. Propre de fond en comble, on se sentait aux antipodes de Douala. Ce pays schizophrène tiraillé par des legs coloniaux contradictoires laissait des entailles profondes dans la psyché de ceux qui l'exploraient. Il rendait des frères méconnaissables les uns aux autres. Les anglophones soignaient l'environnement avec la même attention que celle des Anglais pour leurs jardins. Les francophones transformaient un Eden en porcherie avec une rigueur cartésienne, remplie de justifications spécieuses, identique à celle que mettaient les Français à affaiblir ceux qu'ils prétendaient civiliser.

Limbé faisait figure de paradis caché dans une végétation luxuriante entre ciel et terre, loin des coliques qu'occasionnait la grande ville. Cette bourgade paisible s'imposait comme une révélation à laquelle ni Rémy ni Danielle ne s'étaient attendus. Ils y reprirent leur souffle. Grâce à Limbé, dorénavant, le Cameroun brillait de mille feux. La vie y paraissait délectable. Deux cent cinquante ethnies à la fois francophones et anglophones cohabitaient sur cette terre. Peu de Camerounais, en réalité, excellaient dans les deux langues. Ils utilisaient soit l'une soit l'autre, et parfois aucune des deux, mais un assortiment des deux cents langues autochtones. La plus parlée en dehors de l'anglais et du français, la vraie lingua franca, le pidgin ou Camtok facilitait partout les transactions. La maîtrise des deux langues officielles signalait que l'on avait mené ses études secondaires à terme.

L'animal tomba nez à nez avec Rémy. Il se comportait comme s'il se sentait menacé. L'homme pesait seulement cent dix kilos face à ses deux cent cinquante, mais du haut de son 1m92, il paraissait imposant, dominant, et plus massif encore. Les épaules carrées, le regard droit, insistant, Rémy refusait de baisser les yeux, et la croupe.

L'animal grogna avec force et se redressa sur ses pattes arrière pour se frapper la poitrine bruyamment. Ne produisant aucune frayeur chez son vis-à-vis, qui, amusé, lui souriait, Le dos argenté, fulminant, se remit à quatre pattes pour donner l'assaut. Rémy ne se sentait plus en sécurité. Le barbelé qui les séparait ne semblait plus assez robuste. S'éloignant à pas rapide, il effaça sa grimace. Déguerpir au plus vite permettrait à l'animal de retrouver le calme, pensait-il. Celui-ci faisait à présent trembler un mur de parpaings robustes sur lequel il s'acharnait, le frappant de violents coups de paumes. La charge d'un gorille représentait un bluff facilement évité si sans tarder on s'accroupissait, se recroquevillait dans la position fœtale et s'immobilisait sans regarder l'animal dans les yeux. En pleine jungle, l'ignorance aurait causé la mort de Rémy. Heureusement, il n'avait pas quitté le parc zoologique de Limbé.

À peine eut-il échappé à la colère du gorille qu'un autre singe sorti de son enclos, bien plus petit cette fois, se précipita vers lui pour bifurquer à la dernière seconde l'évitant de justesse pour sauter dans le vide. Du haut du hangar où il avait trouvé refuge, le macaque toisait les gardiens lancés à sa poursuite. Limbé restait l'Afrique, exaltante et imprévisible, malgré ses airs d'île à la dérive.

À moins de cent mètres du refuge des singes, on voyait déjà le Jardin botanique de Limbé, le premier du Cameroun, créé en 1892 par un horticulteur allemand sous l'ère coloniale. Un paradis pour visiteurs épris d'écologie et de nature. La plus grande attraction touristique du Sud-Ouest anglophone après le mont Cameroun était divisée en plusieurs zones : plantes médicinales, arbres fruitiers, arbres destinés à l'exploitation du bois, espèces menacées, plantes agricoles, et plantes ornementales. À l'origine jardin d'essai et centre d'expérimentation, il avait servi à acclimater des plantes telles que la quinine, le cacao, le café, l'hévéa pour le caoutchouc et le latex, le palmier à huile, le bananier, le teck et la canne à sucre, afin d'approvisionner le Cameroun, et les autres colonies allemandes, le Togo et la Namibie. Des deux cent cinquante hectares du début, il n'en subsistait plus que quarante-huit. « Qu'est-ce qui vous intéresse ? » Demanda la réceptionniste. « Les plantes médicinales », s'écria Choupette.

Un homme âgé tout au plus de vingt-cinq ans se présenta. Il allait servir de guide. Il ne payait pas de mine. Et pourtant... Intarissable, et passionné, il déclina son érudition sur la pharmacopée végétale et la médecine traditionnelle africaine. Les informations qu'il partagea proposaient des alternatives aux traitements biochimiques du nord pour des affections communes. À force d'impressionner les clients par sa brillance, ils lui cherchèrent des failles et lui posèrent des colles. On se rendit vite à l'évidence. On avait affaire à un crack, un mordu de botanique extrêmement compétent.

Habile conteur, il jouissait d'une mémoire prodigieuse. Ne faisait-il qu'étudier la flore dans son temps libre ? Était-il un de ces idiots savants ? Qu'aurait-il pu être d'autre ? Avait-on même le droit d'être aussi brillant ?

Il leur enseigna des choses utiles et pertinentes sur les plantes médicinales, et l'histoire du Jardin, mais à force d'être impressionné, ils perdirent l'envie de l'écouter. Bouffis de toutes ces connaissances qu'il débitait comme une machine et qui rapetissaient leurs ego, Choupette, Tatie Anne-Marie, Danielle et Rémy n'avaient plus qu'une idée en tête, déambuler dans le jardin en s'abandonnant au murmure de la nature jusqu'à un coin tout à fait insolite surnommé, l'amphithéâtre de la jungle. Beaucoup parlaient d'un phénomène exceptionnel. Les autres visiteurs eux aussi détournaient leur attention des espèces végétales et de leurs propriétés médicinales pour dériver paresseusement. Un air dépité et une intense envie de poursuivre son exposé se lisaient sur le faciès du guide. Motivé par la pitié, Rémy fit quelques pas vers lui.

— Vous avez déjà pensé vous reconvertir en prof de fac ?

— C'est bien là mon ambition. J'aimerais enseigner la botanique ou devenir ingénieur agricole.

— Vous êtes vraiment calé.

— C'est ma passion. Je n'ai hélas pu partir me former, faute de moyens, mais un jour, peut-être, si j'économise davantage…

— Bonne chance alors. Et quel âge avez-vous au juste ?

— Vingt-deux ans.

— Où avez-vous acquis autant de connaissances sur les plantes médicinales ?

— Oh, dans les livres et au contact des guérisseurs également. C'est chez les pygmées qu'on apprend le plus sur les plantes, mais l'art du tradipraticien ne se transmet qu'aux élus.

Rémy considéra la situation du jeune homme avec intérêt. Il cultivait une passion pour les plantes et savait ce qu'il voulait. Combien comme lui, en dépit de capacités intellectuelles flagrantes, n'avaient pas accès à l'éducation qu'ils convoitaient ? Comme guide, il faisait vivre sa passion. Il faisait partie des plus chanceux. Lui au moins avait un but dans la vie.

Des plages au sable volcanique s'étendaient à perte de vue. « Le Cameroun est un pays superbe, au charme fou, » songeait Rémy, « amoché par des hommes sans intégrité qui ne l'aiment pas assez pour le laisser prospérer en paix. » Idolâtres de l'Europe, non contents de remplacer leurs maîtres, de faire vivre leur legs, ils gardent les talons sur la nuque de leur peuple. Lèche-culs, flagorneurs, piégés par la grande finance, devenus mendiants, le dos au mur, mais pas assez dégoûtés pour mener un combat qui serait plus tranchant, et permettrait de transcender la pensée limitée qui oppose l'homme à l'homme dans une lutte incessante et ingagnable. Sommes-nous taillables, corvéables, et redevables à l'infini, d'une soi-disant dette coloniale, que des fusils et des incantations fadasses nous obligent à honorer par une transmutation de valeurs qui ne sont pas les nôtres ? Rien de ce qu'il avait appris sur le Cameroun n'avait plus aucun sens. Rémy rageait de se savoir si naïf.

Se penser à travers les définitions de l'autre n'est pas se voir du tout, mais accepter une déformation, une duperie, disait man Cécé. Vieille sorcière selon les mauvaises langues, philosophe autodidacte selon d'autres. Les vrais sorciers sont ceux qui vous frelatent l'esprit et vous dévoient de vous-mêmes. Beaucoup d'Européens désinvoltes n'ont rien compris aux civilisations nègres. Trop peu ont fait l'effort de les saisir de l'intérieur ; seuls les plus humbles, peut-être.

Les autres perpétuent encore le mythe de la civilisation de l'oralité dont les Africains proviendraient. Qui dit civilisation de la parole, dit civilisation de la création. Il y a une différence. La parole accepte et dépasse les supports, alors que l'oralité n'en a qu'un seul. « Au commencement était la parole », celle des premiers hommes. Elle est venue d'Afrique. Que fait-on des hiéroglyphes de l'Égypte, du Soudan, du Guèze de l'Éthiopie, du méroïtique du royaume de Koush, des écritures N'ko et Bamoun, et des alphabets venus de l'Islam ? Autant de signes et supports de la parole qui restaient l'apanage des quelques commerçants, de rites initiatiques, et de ceux qui contemplaient les cieux.

Sur la route du retour, Rémy voulût savoir pourquoi il y avait autant de barrages de police, et pourquoi il avait fallu satisfaire les « mange-mille », ces corrompus qui réclamaient ici et là deux ou trois mille francs CFA. Wallace, visiblement gêné, jeta un regard rapide dans le rétroviseur sur la banquette arrière où se trouvait Tatie Anne-Marie, Choupette et Danielle, avant d'expliquer qu'il y avait plus d'un mois, comme si c'était la guerre, les forces de l'ordre avaient envoyé un hélicoptère observer, et surtout intimider les résidents. Elles avaient déployé un contingent d'hommes armés qui, sans traîner, avaient dressé des barrages à chaque entrée de la ville de Bamenda dans le Nord-Ouest. Une population craintive et désarmée s'était agglutinée devant cette démonstration de force dont elle ne comprenait pas la raison.

Chaque véhicule dut négocier avec prudence les postes de contrôle. La situation était tendue. Tenus par des mains agitées, les fusils semblaient lourds. Les garants d'une paix délétère redoutaient le pire. Une étincelle, et puis boum, la catastrophe arriverait. Les enfants devaient rester tranquilles s'ils voulaient éviter la double bastonnade, la première, par les forces de l'ordre et l'autre, par une famille à bout de nerfs, effrayée pour sa progéniture. Il fallait ralentir, obéir, ouvrir les coffres des voitures, répondre poliment aux agents de l'ordre et maintenir coûte que coûte son calme et son emprise sur la vie. Quand les puissants ont peur, le monde des petits tremble, et n'importe quoi peut arriver. Les villes de Buéa dans le Nord-Ouest et Limbé dans le Sud-Ouest avaient été touchées par la répression, ainsi que d'autres localités dont Mamfé, Tombel, Kumba et Akwayafé. Les forces de l'ordre avaient fait irruption brutalement dans des propriétés privées, battu et arrêté de nombreux résidents.

Le palais d'Etoudi, dans ce Yaoundé qui ne voulait rien entendre, préférait le gaz lacrymogène et les tirs à balles réelles en guise de réponse à la frustration des anglophones qui, eux, voyant venir la crise avaient vainement tenté plusieurs années durant de l'avertir.

Les affrontements avaient fait une centaine de blessés. Deux gendarmes ainsi qu'une trentaine de civils perdirent la vie. Le carnage aurait pu être évité. Parce qu'ils en avaient marre du malaise permanent et de l'indifférence insultante dans lesquels ils mijotaient, les jeunes n'ayant rien à perdre d'autre que des vies misérables descendirent dans la rue pour manifester et scander leur volonté de liberté. Il était trop tard pour les beaux discours ; le respect de la constitution, les spécificités culturelles et institutionnelles des populations anglophones, la possibilité de construire un avenir meilleur pour leurs enfants dans ce pays. Le peu qu'ils réclamaient tombait dans les oreilles de malentendants qui ne dansaient qu'au son de l'espèce sonnante et trébuchante qui garnissait leurs coffres forts.

DOUZE

À peine arrivé à la maison de la grand-mère, confus, Richard, son cousin lui posa une question.

— C'est quoi cette dépression dont on parle à tout bout de champ à la télé, Rémy ? On ne connaît pas ça, ici.

— C'est une perte de perspective, une perturbation qui cause chez l'homme une perte d'énergie mentale comme physique, une tension, l'absence de plaisir, et un manque d'intérêt pour les activités du quotidien. Elle accentue l'isolement et affecte négativement l'esprit et le corps. On perd un peu les pédales.

— OK, mais je ne comprends toujours rien.

— Dans ton quartier, tu mènes une existence paisible entouré de ta famille qui te procure le soutien nécessaire à ton équilibre psychologique. Personne n'y est seul. En dépit des privations et des difficultés matérielles, la bonne compagnie, le soleil, une nourriture saine, t'aident à garder le moral. Ce n'est pas toujours le cas ailleurs. Souvent seuls, loin de ceux qui se soucient d'eux, de leurs familles par exemple, beaucoup se sentent isolés, anonymes, et se replient sur eux-mêmes. Ce qui n'arrange rien, et ils ont peur. À force, ça a un effet sur le cerveau.

— Peur de quoi ? demande Richard.

— Des autres, de la criminalité, de nous, de perdre leur boulot, leur bien-être, leurs avantages, leur sécurité. La peur fait tourner le monde. C'est bon pour l'économie. C'est du big business. Les gens se sentent petits, et pour pallier ce sentiment, ils consomment davantage de choses dont ils n'ont pas besoin.

— Ah. Quand je reviens la voir après une longue absence, notre grand-mère dit souvent « tu veux ma mort, c'est ça ? »

— Maintenant, c'est moi qui ne comprends pas, Richard.

— Chez nous, on n'est jamais seul. La majorité des habitants du quartier appartient à la famille. On se tient les coudes, on se protège comme on peut. On n'a pas le temps de s'ennuyer ou de broyer du blanc. Si je ne passe pas voir notre grand-mère, c'est comme si je lui retirais ce lien qui la rattache à la vie. Chaque fois qu'il vient lui rendre visite chacun lui apporte un petit plus de vie.

Surpris par les réflexions de son cousin, Rémy, affalé sur le canapé, étira une jambe et repositionna sa colonne vertébrale sous un coussin. Il se sentait à l'aise chez sa grand-mère. Richard prit une longue gorgée de la Castel posée devant lui, puis s'affaissa à nouveau à l'autre bout du meuble.

— C'est surprenant de t'entendre parler comme ça, cousin. J'aurais juré qu'ici, le stress, le désespoir, la dépression faisaient partie aussi de votre lot quotidien. Les images provenant d'Afrique sont rarement gaies. De plus, vous vivez sous une dictature, qui succède à une autre, et à une guerre coloniale peu médiatisée qui a fait des dizaines de milliers de victimes. Où se trouve l'espoir dans tout cela ? On dit que le Cameroun est l'un des pays les plus corrompus au monde. Pas si loin d'ici à l'Ouest et au Grand Nord sévissent des troubles gravissimes. Nous ne sommes pas dans un pays où les institutions fonctionnent pour le mieux.

— Es-tu sûr que c'est bien mieux ailleurs ? Moi, je n'ai rien connu d'autre, je ne compare pas. Je me la coule douce. À vingt-deux ans, je vis chez le vieux. Je fréquente l'université. Et n'oublie pas qu'on mange bien ici. Le poisson, les légumes, rien de tout cela ne coûte cher chez nous. Nous sommes le grenier de l'Afrique. Nous nourrissons le Gabon, le Tchad et d'autres encore.

— Intéressant tout ça! Nos vies sont vraiment différentes. La mienne ressemble à une lente agonie, une chute libre qui n'en finit pas, un cauchemar en plein rêve américain. Je trime pour enrichir les autres. J'ai enchaîné boulot de merde après boulot de merde. Un rouage dans une machine programmée pour vendre un rêve périmé, voilà ce que je suis devenu. Un outil. Je trime sans satisfaction et sans victoire pour payer des factures. Obnubilé par le besoin d'argent, comme beaucoup, j'ai douté de moi-même, abdiqué ma souveraineté, permis à d'autres de me tenir en laisse, de me dicter mes actions, mes aspirations et mes peurs. Aujourd'hui, j'en suis là, un simple esclave moderne. Le plus invisible des esclaves, car il y en a tellement. Avais-je même le choix? J'ai peut-être eu l'illusion de l'avoir. Je ne sais même plus. Je suis à l'image du Cameroun, mais aussi de ma Guadeloupe natale.

— Mais enfin Cousin, qu'est-ce que tu racontes? Ressaisis-toi. Que cherches-tu?

— Je suis venu ici pour vous rencontrer, comprendre qui je suis, d'où je viens, et trouver le courage de devenir moi-même. Je veux trouver ma voix en quelque sorte, mon positionnement.

— Tu parles de cauchemar et de résignation, mais c'est toi qui décides de ce qui se passe dans ta vie. Tu la construis comme bon te semble, non? Nous avons tous un libre arbitre, nous pouvons choisir, non?

— J'imagine qu'en théorie, tu dis vrai, Richard. Je te suis jusqu'à un certain point. J'ai cru pendant longtemps que ma destinée ne dépendait que de moi, de mes choix, et de ma volonté. Et un jour, je me suis pris la cruauté raciste en pleine gueule. L'oppression a cette façon de brouiller les frontières entre la responsabilité personnelle et celle de l'autre. Je me suis entêté à croire qu'il s'agissait d'une anomalie. Un manquement de ma part avait dû déclencher le rejet. On s'évertuait à me le faire croire aussi. La méchanceté ne veut jamais entendre parler d'elle-même. Et puis, non ! Je n'étais pas, à moi seul, le problème.

Rémy se tut, n'ajouta rien pour ne pas étaler sa souffrance comme un aveu d'échec, ou effrayer Richard, le défaire de ses illusions, et se montrer tel qu'il était, un homme meurtri. S'il avait osé, il aurait ajouté : « Sur tout ce qui touche au Noir, c'est l'Occident que l'on mystifie. On lui donne un faux sens des réalités. On l'invalide face à un avenir qui a vocation à être partagé. Le mal raciste se résume à la nostalgie d'un passé censé avoir été meilleur, à la convoitise phallique, la cupidité, la honte, et la phobie d'un retournement de situation. Le raciste est un être mesquin qui vit avec une peur bleue. La négrophobie en dit plus long sur celui qui la pratique qu'elle n'en dira jamais sur le Noir. » Rien de tout cela n'a d'importance maintenant, pensa Rémy. Il était en Afrique.

— Cousin. Que se passe-t-il ? Tu parlais, et puis, zip, plus rien. Tout va bien ?

— Ah, oui. Désolé. Je me disais que Les bonnes décisions comptent, une attitude positive, une volonté de fer et tout le tralala, mais la chance aussi compte pour quelque chose dans la vie !

Rémy s'était imaginé son père tantôt avocat, tantôt professeur. Le peu qu'il savait, il le tenait de sa mère. Elle n'était pas loin du compte. Il avait été avocat et chef d'établissement scolaire. Pour avoir la paix, Joséphine lui avait décrit l'aisance avec laquelle son père avait mené des études brillantes en droit et impressionné ceux qui avaient osé douter de lui. Elle aussi avait dû ravaler sa moquerie quand, dans le train qui les amenait passer un week-end en amoureux à Amsterdam, il s'était perdu dans une conversation en anglais avec de jeunes Hollandais. Son dadais bluffait, croyait-elle, et cherchait à amuser la galerie. L'intensité de l'échange, ses tournures solennelles et l'intérêt amusé que portaient les jeunes à ce qu'il racontait l'obligèrent à changer d'avis sur les compétences qu'il avait vantées. Ce soir-là, elle chercha à se faire pardonner son incrédulité.

Ses frères et sœurs exprimaient une vision de leur père diamétralement opposée à la sienne. Il s'était imaginé le pire, mais désirait croire le meilleur. Cyrille se le remémorait :

— Notre père aimait la famille. Il la faisait passer avant tout. Je le suivais partout. C'est en le regardant faire que j'ai appris à devenir un homme.

Delphine se plaignait.

— Il était trop dur. Trop brutal avec moi. Cet homme-là ne me laissait jamais respirer. C'était comme si j'étais sa chose, sa poupée. Tout le temps, la même comédie. Je devais bien me tenir, être irréprochable, belle, spirituelle, maniérée, jamais, moi-même.

— Il faut comprendre que plus jeune, Delphine était très belle, et très sollicitée aussi. Elle attirait les mouches, ce qui énervait papa. S'il terrorisait les galants, c'est parce qu'il aimait sa fille. Quel papa n'en aurait pas fait de même ?

— Ce n'est pas de ça que je parle. Toi, tu n'écoutes pas.

— Papa n'était pas tendre, ajoutait Hillary, mais il était juste.

Les maisons avaient été belles. Hautes de plusieurs étages, larges, avec des cours intérieures. Elles évoquaient vaguement le faste d'antan dans lequel avaient vécu les aïeux. Loin du cliché des huttes et autres maisons en paille ou en argile, celles-ci avaient été fabriquées à l'aide de sable, et laisseraient des traces dans le temps, comme toutes les constructions en ciment. C'est avec le sable que l'on fabrique le ciment, disait Cyrille. Pour être quelqu'un dans cette société, il fallait construire en dur. Reconverti dans la vente du sable et la gestion d'une carrière, notre grand-père distribuait du travail à qui en voulait. Cet homme fier et austère vénérait le travail. De lui, ses petits-enfants et ses propres enfants ne reçurent jamais d'argent de poche. S'ils voulaient des sous, une pelle les attendait à la carrière. Le travail n'y manquait pas.

Les maisons du grand-père s'agglutinaient sur une rive du fleuve Wouri du côté gauche de la rue principale. À l'autre bord, on en comptait quatre autres près d'un bâtiment inachevé de six étages qui enlaidissait le paysage et dont le rez-de-chaussée semblait occupé. Le membre de la famille responsable de ce projet inachevé vivait en France. Il prenait trop de temps pour compléter la tâche. C'était un vrai mbenguiste — bien franchouillard, disait-on. En prévision de la retraite qu'il coulerait doucement au pays, au grand dam du reste du clan, le grand-père lui avait cédé une parcelle de terre.

En face de la maison familiale, la veuve du frère du grand-père vivait en solitaire, isolée dans sa citadelle, protégée par d'épais murs élevés, un garde armé d'un bâton et des chiens, ce qui avait l'avantage de limiter les visites intempestives. Après trente années passées en France, elle avait développé des manières qui faisaient d'elle un paria en Afrique. Rémy la rencontra sous l'œil désapprobateur de sa tante Anne-Marie. Scientifique chercheuse dans les laboratoires de France et de Navarre, elle avait mené la belle vie là-bas, en tous cas, c'est ce qu'elle voulait qu'on croie. Elle en gardait les distinctions. Son franc-parler intellectuel, et le vocabulaire châtié dont elle faisait usage donnaient la mesure de ses prétentions.

Rien dans le Douala qu'utilisait sa grand-mère ne permettait à Rémy de s'accrocher, ou même de trouver un angle d'accostage. D'autres langues se mêlaient au français pour créer une sauce plus digeste. Pas un mot de français ne rendait cette langue au premier abord compliquée un tant soit peu compréhensible pour Rémy. Et grand-mère n'en démordait pas. Elle parlait à son petit-fils comme s'il était censé comprendre ce qu'elle disait. À chaque fois, quelqu'un servait d'interprète. « Grand-mère ne parle que le Douala », répétait-on, le sourire en coin. Un matin, retournant dans la chambre où Rémy se vautrait encore dans le lit, Danielle lui mit la puce à l'oreille.

— Je viens de prendre le petit déjeuner avec ta grand-mère. Elle m'a demandé comment tu allais. Nous avons eu une conversation très enrichissante. Elle est marrante comme tout, et parle bien le français, tu sais ?

— Impossible. Tout le monde affirme le contraire.

— Son Français est très bon. C'est avec toi qu'elle refuse de le parler.

— Et pourquoi donc ? Ça n'a aucun sens !

— Peut-être cherche-t-elle à te faire comprendre qu'elle attend davantage de toi. Tu dois te mettre au Douala. C'est la langue de ton peuple. Avec moi, elle parle français, car je ne viens pas d'ici.

Sélective dans ce qu'elle écoutait, rien n'indiquait que la grand-mère comprenait et parlait le français. Rémy continua à lui adresser la parole en français. L'âge avait ses privilèges. Elle souriait béatement et lui pinçait la joue à chaque fois comme si elle avait affaire à un mignon petit garçon qui taquinait sa grand-mère. Atteinte de la maladie d'Alzheimer, elle avait droit à ses caprices, elle aussi. Hors de question qu'on la bouscula pour lui faire avouer la supercherie. Il valait mieux faire un effort, même minuscule. Apprendre quelques expressions, « bonjour », « merci », « comment vas-tu ? » et satisfaire ses attentes.

La tâche de prendre soin de sa mère revenait à Tatie Anne-Marie. Son frère aîné décédé, et le second occupé à élever une famille nombreuse, il ne restait plus qu'elle. Son mari l'avait abandonnée. Parti tôt au bureau, il prit la décision de ne pas regagner le foyer conjugal sur un coup de tête, disait-on. Il ne savait plus pourquoi c'était la chose à faire. On disait qu'il avait perdu la raison, oublié qui il était. De temps à autre, un membre de la famille l'apercevait, arpentant les rues de la ville, dégingandé, se prenant pour l'époux d'une autre femme. Il était devenu un mari couche toi là. Ça existait aussi ça !

Même si les liens filiaux étaient moins directs entre Tatie Anne-Marie et Choupette, elles étaient si souvent ensemble qu'on prenait la seconde pour la fille de la première. L'affection entre les deux femmes sautait aux yeux. Beaucoup de personnes au Cameroun élevaient l'enfant d'un parent proche. La gentille et serviable Choupette affubla Rémy du sobriquet tonton-cousin. Lui se contentait de l'appeler, ma cousine. Avec tonton-cousin, il ne savait jamais où donner de la tête. Il n'avait pas l'habitude des sobriquets farfelus, mais ça lui plaisait bien d'être quelqu'un pour elle.

TREIZE

Le chasme était profond. Le christianisme divisait la famille. Il y avait d'un côté, le camp des dévots et de l'autre, celui des indifférents pour lesquels les croyances traditionnelles affectaient chaque aspect de la vie quotidienne. Le style vestimentaire et les habitudes alimentaires de chacun en disaient long sur ses croyances religieuses. Qui portait des tenues traditionnelles, buvait de la bière, raffolait des soirées ambiancées, ne s'enquiquinait pas de la moralité chrétienne en matière de sexualité ? Qui faisait une offrande de boisson aux ancêtres avant la fête ? Quoique divertissants, c'était eux les impies, les je-m'en-foutistes notoires qui ravissaient Rémy.

L'oncle autrement fort sympathique se pointait, s'immisçait dans les conversations pour les détourner, et pontifier avec brio. Impossible de blaguer et de dire des âneries en sa présence. Il transformait à brûle-pourpoint, et malhabilement en plus, une discussion sur le sport, la musique ou la cuisine en sermonnade, insensible au ressenti de l'auditoire. Sans aménité aucune, il drainait l'enthousiasme de chacun en ramenant tout à la Bible. Par leur prêchi-prêcha, les témoins de Jéhovah œuvraient tous les jours à mettre un grand écart entre eux et une culture traditionnelle de la convivialité.

Rebelles à toute contrainte, les autres membres de la famille travaillaient quand ils le désiraient, ou quand ils le pouvaient. Didier racontait que, quand il avait besoin d'argent, il empruntait une barque et partait à la pêche. Un petit effort, et puis, hop, les gros poissons abondants dans les eaux du Cameroun s'offraient à ses filets. Il les comprenait bien, ces bêtes-là, et les envoûtait tout aussi aisément. La psychologie du poisson ne recélait plus aucun secret pour lui. Le travail de quelques heures rapportait le pain d'une semaine. Un des atouts du pays, disait-il, restait que la nourriture n'y était pas chère. Pour cinq cents francs CFA, à peu près un euro, il se nourrissait au quotidien. Sans loyer à payer, Didier n'éprouvait nul besoin d'entretenir une garde-robe fantaisiste et coûteuse pour épater une quelconque galerie. Il privilégiait le sport et se satisfaisait de peu.

Qui, de Didier ou de lui, était le plus fortuné ? Rémy se posait la question. Partir trimer chaque matin pour un salaire qui lui glissait entre les doigts ; s'acquitter de traites de logement, de voiture, de meubles, et du remboursement de cartes de crédit ; faire l'acquisition de produits de consommation qui généraient leur propre lot de dépenses et entretien ; et tout ça pour quoi ? En échange de l'illusion de vivre la belle vie, dans le vent, dans un pays de droit, de liberté ; pour se dire civilisé ? Qui bernait-on vraiment ? On échangeait une jungle de chlorophylle pour une jungle de béton. Du vrai foutage de gueule.

Rémy cherchait davantage que le droit d'espérer un jour s'affranchir du besoin, ou le privilège de mourir lentement, aigri et résigné comme la majorité silencieuse qu'il connaissait si bien. Il cherchait le moyen de s'extasier chaque jour, et de maîtriser, lui aussi, la psychologie du poisson. Il enviait à Didier son ventre plat, et ses tablettes de chocolat, et la bonhomie dont il faisait preuve pour soudoyer l'angoisse. Deux éléments tangibles qu'il pouvait reproduire au prix d'un gros effort, s'il en prenait la peine.

Ses frères lui apprenaient que pour contrer la tristesse, il fallait danser, bouger, faire des gestes et se perdre dans l'instant présent. Agir, tout simplement. Comme le disait Cyrille, l'installation des débits d'alcool étaient encouragée partout. Ceux-ci permettaient à la rue de noyer son chagrin plutôt que d'exercer son cerveau à concocter des plans pour évacuer la racaille locale et étrangère qui fragilisait une population déjà vulnérable.

Il fallait choisir entre le sexe, la religion, le sport, ou l'alcool pour atteindre une stupeur catatonique, celle qui donnait son sens aux choses. Une ancienne puissance hypothéquait l'avenir des jeunes, écartant les hommes intègres du pouvoir pour imposer ses larbins. Lorsque ceux-ci s'aventuraient à rejeter les programmes d'ajustement structurels concoctés pour assurer la pérennité de son emprise néocoloniale, elle les pointait du doigt pour les dénoncer comme les incapables qu'ils étaient.

La richesse du sous-sol et une main-d'œuvre bon marché, comme une malédiction, attiraient les desseins égoïstes d'une multitude d'hommes jaunes, noirs et blancs accoutrés de prétentions humanitaires. Le Cameroun c'est le Cameroun.

QUATORZE

On était vendredi. Ce jour-là, Rémy rencontrait le petit frère de son grand-père, jusque-là, absent des réjouissances, à l'heure du déjeuner. Il partit prendre un taxi seul pour leur rendez-vous sans rien dire à la famille, comme le vieil homme l'avait exigé. Les instructions avaient été claires « Tu n'offres pas plus de trois cents francs au chauffeur de taxi pour la course. »

WhatsApp lui avait permis de prendre contact avec Rémy une demi-douzaine de fois dans l'année. Déjà à plusieurs reprises, Rémy lui avait demandé de lui raconter le père qu'il n'avait pas connu. Gêné par la requête, le grand-oncle avait partagé sans enthousiasme des faits anodins rapportés par Tatie Anne-Marie. Parler du Ngondo l'excitait davantage. Il y avait participé en tant que notable. À présent, il cherchait à initier l'enfant de son neveu. C'était le but avoué de la rencontre et la raison pour laquelle Danielle avait préféré ne pas se joindre à eux.

Le restaurant Le Fouquet, à Akwa, à plusieurs pâtés de maisons de la gare Bessengue, avait très bonne réputation. Les nantis s'y retrouvaient dans une ambiance feutrée où la cuisine locale se savourait dans un décor européen. Il était douze heures dix, il venait d'ouvrir. Une jeune-femme souriante dans un uniforme bien pressé distribuait les menus. Elle partit et revint avec deux verres de bissap. Le grand-oncle voulait d'un Ndolé, « Un plat du littoral. Mon préféré », disait-il à l'attention de Rémy. Il l'affectionnait encore plus quand celui-ci dégageait une amertume prononcée. « À trop nettoyer les feuilles, on en atténue le goût. Ce plat est thérapeutique », disait-il, le sourire aux lèvres. Par curiosité, Rémy commandait un poulet DG, et puis se tournait vers la serveuse pour lui demander ce que voulait dire DG.

— Directeur général, monsieur.

L'air compassé, le grand-oncle prit la relève.

— Le poulet DG est un mets qui, dans les foyers camerounais, se prépare pour les invités d'honneur. Il est succulent. Tu m'en diras des nouvelles. Tiens ! Mon estomac lance déjà des insultes.

Devant la réticence du vieil homme à lui parler de son père, Rémy opta pour une approche directe.

— Tu ne devais pas avoir beaucoup d'atomes crochus avec mon père, vu la façon dont tu évites de parler de lui ?

Interloqué, le vieux hésita d'abord, écarquilla les yeux, puis rota bruyamment avant de retrouver la voix. Son attitude était claire. Pourquoi prendre des gants ? pensa Rémy.

— Ce n'est pas que je n'aimais pas mon neveu. C'est mon sang, quand même. Je n'aimais pas son comportement envers la famille. Je vois que tu cherches vraiment à remuer toute cette histoire, alors, tant pis pour toi. Ça va sentir mauvais. Je te préviens. Tu l'auras voulu.

L'ancien se lança dans un récit qui prit Rémy de court.

Il me souvient qu'à cause d'un goût prononcé pour la bonne chère, ton père avait été expulsé du temple des témoins de Jéhovah que fréquentait la famille. Certains de ses contacts nous semblaient déjà louches. À son retour d'Europe, il était devenu méconnaissable. La liberté, la démocratie, il n'avait que ces mots-là à la bouche. Le salut de son âme et le royaume des cieux étaient le cadet de ses soucis. Avant de pouvoir réintégrer notre petite communauté, il devait changer du tout au tout. Je crois qu'il a très mal vécu ce rejet. La famille n'avait cherché qu'à le rappeler à l'ordre. On voulait qu'il reprenne ses esprits et redevienne le fils exemplaire qu'il avait toujours été. Il allait rectifier ses errements, et on allait rapidement le réintégrer. Du moins, c'est ce que nous croyions.

Son père, Armand, rendait la France responsable, pays aux mœurs légères, et s'en prenait aussi à notre défunt frère qui là-bas, au lieu d'encadrer son fils et de l'héberger comme convenu, l'avait laissé choir sans repère, livré à lui-même, dans un Paris qu'il ne connaissait pas. Il avait préféré écouter son épouse, la femme qui vit à présent en face de ta grand-mère. Elle était persuadée qu'il y aurait du grabuge. En voyant ton père arriver, il refusa d'honorer la parole donnée ; de tolérer un éphèbe de dix-huit ans dans son intimité. Sur l'avis de son épouse, il mit donc son neveu à la porte. Je te laisse imaginer la colère des parents. Ton père ne s'en est jamais plaint, mais il a beaucoup souffert de la trahison de son oncle. Par personnes interposées nous avons appris plus tard, qu'un homosexuel rencontré dans un parc lui avait porté assistance.

La nourriture fut servie. Les plats fumaient et sentaient bon. Rémy venait de perdre l'appétit. Le grand-oncle se pencha sur son Ndolé l'air conquis. Il le humait, avant d'y enfoncer sa fourchette. En fermant les yeux pour mieux se délecter, il en engloutit une bouchée.

— Je disais donc qu'à son retour, tout était devenu sujet à débat. C'était un révolté. Monsieur avait fait des études. Il avait obtenu une maîtrise en droit. Il contestait l'autorité et remettait en question nos traditions. C'était une période difficile pour nous tous. Lui, Armand, le cacique, le chef de famille, se faisait morigéner par un morveux qui n'avait qu'une expérience limitée de la vie. C'était du jamais vu. Malheureusement, il avait un faible pour cet enfant, donc, il tolérait tout. Moi, pas du tout. Je n'avais aucune patience pour ses écarts de langage. L'instruction moderne a cette façon de déstabiliser l'ordre naturel. Ton père était incorrigible et sans scrupules. Son ambition ne connaissait aucune borne. Il avait cette rage de réussir et cette soif d'argent. Il voulait à tout prix devenir riche, dénicher l'argent, comme il disait. À l'écouter, nous les anciens, on ne comprenait rien à rien. Monsieur savait tout. Ceux qui l'avaient fréquenté ne le reconnaissaient plus. Il avait pourtant, comme nous, été élevé dans le respect de la parole de Dieu.

Rémy croisa les bras basculant le buste légèrement en arrière. « Pourquoi condamner un homme parce qu'il refuse d'être pauvre ? » pensait-il. « La relation la plus importante est celle que l'on a avec l'argent. Si elle n'est pas bonne, comment les autres pourraient-elles l'être ? Quand il vient à manquer, notre bien-être en prend un coup. Le malaise s'installe, et s'infiltre partout. On devient un fardeau. »

Le grand-oncle continua de parler inconscient du ressenti de Rémy.

— Une scission se creusa entre les pratiquants et les non-pratiquants dans une famille jusque-là unie. Ton père Claude rejetait la communauté de foi qui l'avait expulsé, lui préférant le socialisme. Il répétait à qui voulait l'entendre que les chrétiens avaient gâté l'Afrique en préparant le terrain pour la colonisation. Ils avaient affaibli les esprits pour mieux les contrôler et permettre aux militaires et aux hommes d'affaires du Nord de piller leurs terres et de les dépouiller en échange de la vaine bénédiction d'un Dieu qui ne les aimait pas. Ton père n'était pas facile du tout. Il cherchait à faire souffrir ses parents par tous les moyens possibles et imaginables. Motivé par le ressentiment, il se donnait des raisons de les détester alors qu'eux ne voulaient que son bien.

Et puis le comble, il est passé aux actes. Il s'est laissé entraîner dans le mouvement d'opposition dirigé par John Fru Ndi, un socialiste anglophone, le leader du Social Democratic Front, ou SDF. La famille voyait ses activités d'un mauvais œil. En qualité de conseiller juridique, ton père s'est mis au service des démunis. Franchement, on avait peur, car Claude attirait l'attention des brutes du régime. On craignait le pire. Il fallait coûte que coûte faire cesser ses imbécillités. Sinon, on risquait tous d'y passer avec lui.

L'homme à la barbe, comme les gens l'appelaient, prenait la parole en public, tenait conférence, incitait la population à la grève générale. Il occupait beaucoup trop de place, nourrissait des ambitions politiques inavouables, et affichait des velléités de révolution. Ça n'a pas raté. Les autorités se sont intéressées à lui.

Heureusement, le roi des Douala, le cousin germain de sa mère, l'a aidé, en faisant jouer ses relations. Qu'est-ce qu'on n'a pas dû faire dans les coulisses ! À ce stade, Claude avait déjà une petite famille, et c'est surtout pour elle que nous nous sommes activés à son insu.

Un beau matin, deux officiers sortirent d'une Jeep faisant signe aux soldats qui les suivaient d'attendre près du panier à salade. Face aux rétroviseurs, ils ajustèrent leur uniforme avant d'entrer en scène. L'intervention devait servir à l'intimider, rien de plus. Ils avaient reçu l'ordre strict de ne pas le brutaliser.

À cinq heures du matin à cette époque, très peu de gens osaient traîner dans la rue. Ils préféraient regarder la scène par les persiennes de leurs maisons. Les deux militaires frappèrent ensuite à sa porte, à Bonaberi. Claude y habitait avec sa nouvelle épouse et leur poupon. Il l'avait récemment fait construire sur un lopin de terre qui appartenait à sa mère.

Réveillé par le martèlement, craignant qu'il soit arrivé un malheur au chef de l'opposition, suivi de son épouse, Claude se précipita pour ouvrir. Confrontée à un moment redouté, sa mine se renfrogna.

— Que puis-je faire pour vous, Messieurs ?

— Vous êtes bien Monsieur Claude Mbappe ?

— Oui. C'est bien moi.

— Veuillez venir avec nous, s'il vous plaît.

— Absolument pas. Pour quelle raison devrais-je faire ça ?

— Nous voulons nous entretenir avec vous.

— Nous pouvons parler ici même. Je connais mes droits.

— OK, OK. Ne vous formalisez pas. Restons courtois et tout se passera bien. Comprenez-nous bien. Nous ne voulons pas d'histoire. Nous sommes au courant de vos activités et suivons vos moindres faits et gestes. Nous savons quand vous toussez. Conseil d'ami, faites très attention. J'arrêterais de jouer avec le feu si j'étais vous. Nous vous avons à l'œil. Ce sera tout pour aujourd'hui. La prochaine fois, nous ne serons pas aussi conciliants. Soyez sage si vous ne voulez pas que le père Foch sévisse.

Les officiers se retournèrent dans un éclat de rire nerveux et puis filèrent. Claude ferma la porte à double tour, puis se tourna vers sa femme qui sanglotait déjà.

— Claude, tu dois arrêter tes activités politiques si tu m'aimes. Notre enfant a besoin de son père ; et moi, de mon mari. Ces gens-là ne plaisantent pas. Ce sont des méchants.

— Tout ira bien. Ne t'inquiète pas. Je les connais.

Claude se fit discret pendant quelques semaines. Il n'apparaissait plus en tête des manifestations pour haranguer les foules, mais ne limitait pas son activisme pour autant.

Entrés par effraction deux mois plus tard, trois sbires du régime chambardèrent la maison avant de s'installer sur le canapé pour l'attendre au salon. Ils ressemblaient à de vulgaires criminels. S'apprêtant à mettre la clé dans la serrure, Claude sentit que quelque chose clochait. Une embûche, peut-être ? Le nouveau chien de garde qu'il avait attaché près de l'entrée avait disparu. Prenant son courage à deux mains, il poussa la porte pour l'ouvrir. Son bluff, une fois engagé exigeait de la suite dans les idées. Il réfréna son envie d'en découdre lorsqu'il aperçut les trois hommes avachis sur son canapé les mitraillettes à plat en travers des cuisses. Il souhaitait prendre ses jambes à son cou, mais pas devant sa femme qui chancela comme si ivre, derrière lui. Il la retint alors qu'un des intrus lui indiqua un siège.

Avançant à petits pas timorés, son regard se braqua sur un objet posé à l'entrée de la cuisine ; une large valise dont un des coins semblait ensanglanté. Tout près, le chien gisait dans la cuisine, la gueule en sang, le crâne défoncé. Claude reconnut un des hommes. Lors de la première visite, il était resté en retrait. Maintenant, c'est lui qui prenait la parole. « Asseyez-vous ! » Ses yeux de braise exprimaient une détermination meurtrière. Capable du pire, il ressemblait à un suppôt de Satan. Il fallait être prudent et mesuré dans les réponses, cette fois-ci, pensait Claude. Il installa son épouse sur une chaise ; elle semblait éprouvée ; et il s'assit en face des intrus.

— Figurez-vous que nous sommes chargés de vous offrir un job. Notre pays a besoin de vous. Acceptez-le et vous serez bien rémunéré. Le ministère de la Défense le garantit. Vous pouvez rejoindre les services de communication. La présidence pourrait utiliser un homme qui a du bagou, comme vous. Claude croyait à une boutade. Les colosses ne pouvaient pas être sérieux. Nous vous donnons le choix, voyez-vous. Vous êtes un personnage haut en couleur. Nous sommes tous fans. Vous devez vous en douter, nous enregistrons vos discours et nous les écoutons avec beaucoup d'intérêt. Vous bénéficierez d'un logement et d'une voiture de fonction, ainsi que de plusieurs domestiques. Vous n'aurez plus à vous soucier de rien, mais il faudra partir vivre à Yaoundé. Voilà pourquoi nous sommes là. Si vous refusez, vous n'aurez que deux jours pour quitter notre bonne vieille Douala et vous faire oublier. Cette valise-là est pour vous. Elle vous aidera à réfléchir. Puis d'une voix sévère : si ça ne tenait qu'à moi… Euh, nous n'en serions pas à discutailler. Je ne sais pas qui vous protège, mais vous êtes bigrement chanceux. Nos méthodes sont généralement plus définitives. Mais nous nous sommes quand même un peu défoulés pour vous rappeler ce dont nous sommes capables. Allez, prenez la bonne décision. Votre vie en dépend. Écoutez votre femme. Je suis sûr qu'elle saura bien vous conseiller.

Claude hésita, préférant attendre que la porte claquât avant de se lever. Dans un état de désœuvrement aigu, il tira la valise jusqu'à lui, puis se laissa choir lourdement dans le fauteuil. Il n'en croyait pas ses yeux. Elle était remplie d'argent. Plus qu'il n'en avait jamais vu. Il décida le soir même de louer sa maison de Bonaberi et sans consulter personne, emmena sa famille au loin à Nkongsamba. Il prit la clé des champs en quelque sorte. À la suite des grèves générales dites « villes mortes » qu'il avait aidé à organiser, ton père échappa à l'incarcération, alors que ses amis Bamilékés et les autres furent embarqués au cours de rafles policières. Le rappel des séances de torture semait la terreur dans la population. Nous, les notables du clan, l'avons protégé durant cette période.

Quoique prolixe, au fil de son récit, le vieil homme montra des signes de fatigue.

— Ton père, je l'ai toujours dit, paix à son âmc, n'était pas net. Il aimait trop le faste. On l'a appris plus tard, il avait fait construire un immense pavillon avec des colonnes néoclassiques en béton armé, et plein de matériaux coûteux, là-bas à Nkongsamba. C'est comme s'il faisait un pied de nez à ceux qui l'avaient élevé. L'ostentation n'est pas une de nos valeurs dans la famille. Il manquait d'humilité, mon cher neveu. Rien à voir avec son jeune frère. Les tiens te raconteront que c'était un battant. Les pauvres. Comme je les plains ! J'ai ma petite idée sur ses activités réelles. Ce que je peux te dire sans me tromper, c'est qu'il s'est rapproché de la classe dirigeante. Mine de rien, elle aussi le protégeait.

Il bénéficiait d'une couverture en fer. À part les entrepreneurs blancs, personne n'osa se mesurer à lui. De prétendu révolutionnaire, il se transforma en agent du système et parvint à détourner nombre de jeunes de la revendication et de l'activisme. Il parlait beaucoup de social, mais c'est comme homme d'affaires qu'il a joui d'un regain de popularité. Tous les ambitieux du coin cherchaient à émuler son succès, à devenir comme lui, des brasseurs d'argent. Lui tenir compagnie leur donnait des points. C'était plus efficace d'en faire un héros plutôt qu'un martyr. Inutile de tc dirc combien son action conforta le régime en place.

Dans les années 1980, la moralité de ton père a basculé encore plus avec la chute des prix du café, du cacao, du coton, de la bauxite, et du pétrole. Quelqu'un te doit la vérité. Il s'était entouré de feymen, de vrais truands. Je ne dis pas que mon neveu en était un lui-même, juste qu'il en connaissait pas mal.

Ces propos calomnieux horripilèrent Rémy qui n'écoutait plus le vieil homme que d'une oreille.

— L'arnaque prospère dans les pays comme le nôtre eux-mêmes administrés par des escrocs. Les dirigeants montrent l'exemple. La classe politique est à vendre, les feymen desquels elle tire en partie sa subsistance se multiplient. Ces contrebandiers contrôlent tout ce qui rapporte, en fait ; l'arnaque sur Internet, le trafic des médicaments frelatés, la vente d'armes, de diamants, d'or, de minerais, de tabac, jusqu'à la cocaïne et l'héroïne. Certaines personnes que je ne nommerai pas ici les aidaient à blanchir leur argent. En plus de fréquenter ces gens-là, ton père pratiquait l'ekong.

— C'est quoi l'ekong ?

— Je vais quitter derrière les problèmes. J'en ai déjà trop dit. Demande autour de toi. On est ensemble, mon fils.

QUINZE

Le déjeuner avec le grand-oncle avait soulevé plus de questions qu'il n'avait apporté de réponse. Pour celles-ci, il fallait faire attention à qui les poser. Cyrille se montrait excessivement conciliant. On ne pouvait en tirer grand-chose. Cassandra, elle, ne souffrant pas de cette affliction, n'avait aucun mal à appeler un chat un chat, sans souci de blesser.

— Petite sœur, c'est quoi l'ekong ?

— On dit ekong ou bien nyongo, c'est la sorcellerie en Douala. Pour les Bamilékés c'est famla. Les Betis, kong. À l'Est, en pays Maka, c'est djambe. Pourquoi cette question ?

— J'ai entendu dire que notre père le pratiquait.

Manquant de renverser son verre, Cassandra éclata de rire.

— Pas vraiment, grand frère. Il ne faut pas écouter ce que les envieux disent. Ils ne géraient pas papa. Ils dérangent trop. Moi, je n'ai pas leur temps. Pratiquer, c'est trop dire. Papa allait voir un sorcier de temps en temps pour ses affaires. Tout le monde fait ça en Afrique. Quand tu veux l'argent, c'est comme ça. Sinon tu fais comment ?

— Tu travailles, non ?

— Où trouve-t-on ça ? Ici, le travail, l'effort, le mérite, et les compétences ne suffisent pas. Il te faut une protection, un gri-gri. Il n'était ni rosicrucien ni franc-maçon comme les politiciens.

Rémy écoutait avec attention, faisant confiance à Cassandra. Avec elle, son appréhension s'évaporait. Chaque culture après tout avait ses superstitions.

— La sorcellerie fait tellement partie de notre façon de penser que le chef de l'État, Paul Biya lui-même, exhortait les Camerounais à en faire usage pour combattre Boko Haram.

Les portables de Rémy et Danielle ne fonctionnaient pas au Cameroun, contrairement à ce que le Project Fi de Google promettait. Ailleurs, en France, au Sénégal ou en Turquie, le sien avait fonctionné, et Rémy avait pu vérifier ses mails et passer des coups de fil. À Douala, rien. Il pouvait uniquement contacter Google. Après les laborieuses explications du technicien, il réussit à changer les paramètres des téléphones pour établir une connexion à un réseau local pour passer des appels, sans parvenir à vérifier ses mails ou à se rendre sur Internet. Décidément, rien n'était pareil ici.

Gisèle, une connaissance de Danielle bien nyanga — jolie comme tout — de retour au Cameroun, lui amena un portable à utiliser pour vérifier les mails. Elle quitta sa maison tôt pour prendre la route de son bureau au centre de Douala, et en profita alors que Rémy dormait encore pour partager le petit déjeuner avec Danielle en toute sérénité. Elle lui promit qu'ils iraient bientôt au restaurant où elle leur présenterait son nouveau petit ami. Que s'était-il passé ?

À Bethesda, un an plus tôt, dans le Maryland, elle avait épousé l'homme de ses rêves : Jean-Philippe, un homme d'affaires franco-camerounais, le cousin du mari de la cousine de Danielle. Le dîner de noce s'était tenu en compagnie de l'ambassadeur du Cameroun. Ce soir-là, en présence de sa cousine, Danielle et elle s'étaient liées d'amitié.

SEIZE

À l'heure du déjeuner comme par magie frères et sœurs apparaissaient. Dans le bruit et la bonne humeur, ils dégustaient les mets concoctés par le cuisinier. Le repas terminé ce jour-là, Bianca tira Rémy à part. Elle cherchait à se dérober aux oreilles indiscrètes.

— Papa Ô, donne-moi cent mille. J'ai besoin de cent mille francs pour rouvrir mon bar. Les fêtes arrivent. Il me faut faire rentrer un peu de flouze, non ?

— Cent mille ? Si je te donne cet argent, tu reprends le travail ?

— Demain même. Pourquoi pas ?

— Et tu ne fermeras plus le bar ?

— Si ça marche bien, pourquoi fermerais-je ?

— Ce soir, je m'occupe de toi, ma sœur.

— Tu es le sang de papa.

Ce n'était pas la première fois que Bianca réclamait de l'argent. Il y avait de cela un an, au téléphone, elle avait choqué Rémy qui ne la connaissait pas encore. Maintenant, il l'aimait bien et la trouvait directe, mais sincère. Il comprenait à présent que cent mille francs CFA ne représentaient que deux cents dollars. Comme promit, dès le lendemain, Bianca rouvrit le bar en grande pompe. Un conteneur aménagé avec véranda. Il fallait le voir pour le croire. Quand accompagné de ses proches, Rémy arriva, le parterre était déjà bondé de dégustateurs de poissons et de poulets braisés. La bière coulait à flots. Bianca dansait et encaissait en même temps les nombreux billets sur une musique entraînante. La rue s'animait ; des langues inconnues survolaient l'atmosphère. Rémy se sentait bien. La Castel faisait son effet. Rien ne comptait plus. Des flashes de caméras illuminèrent la soirée.

Tard dans la matinée, le lendemain, avant de partir pour le nouveau Carrefour de Bonamoussadi, Danielle tendit le téléphone à Rémy. Il pouvait enfin consulter ses mails. Immédiatement, un message l'agressa rendant sa mine pugnace.

— Que se passe-t-il ?

— C'est une ancienne copine qui fait des siennes. Elle cherche à m'emmerder. Elle a vu une photo sur Facebook. Une de celles que nous avons prises ensemble, hier soir, je crois.

— Fais voir.

Danielle se mit à lire à haute voix.

— Que vous êtes laids tous les deux ! On dirait deux vaches espagnoles. Et dire que je m'intéressais à un monstre comme toi. Où avais-je la tête ? Tes sales mains ressemblent à des pattes de gorille. Pauvre con. Homme de la jungle. Tu aurais quand même pu me dire que tu t'étais marié. Depuis combien de temps, d'ailleurs ? Tu la voyais donc dans mon dos, quand on était ensemble ? Tu aurais dû m'épargner la honte que j'ai ressentie quand ma copine m'a montré les photos. Je me suis retrouvée complètement prise au dépourvu. On verra ce qu'on verra. Si je comprends bien, tout le monde le savait. Sauf moi. La bonasse. Tu vas me le payer. Ça, je te le jure.

Le portable d'Hillary sonnait tous les soirs, à la même heure. Elle s'isolait afin de répondre, puis émergeait rayonnante, une demi-heure plus tard. On se faisait sa petite idée sur Luca, la personne responsable de ce changement d'humeur à l'autre bout du fil. Toutes les fois qu'il entendait parler de Luca, Rémy se posait des questions.

Qui était donc ce grand Blanc, spécimen assez rare, un suisse qui se parfumait local, qu'on disait humain tant il n'hésitait pas à se frotter aux Africains ? Au Cameroun, sa vie avait dosé. Il proférait les pires insultes dans un Douala approximatif, qui faisait beaucoup rire. Son français camerounais était, disait-on, irréprochable.

Pendant cinq ans, il avait renoncé à la propreté de Bâle pour la poussière de Douala. Son âme d'aventurier l'avait mené au Cameroun dans l'objectif de fédérer les différentes solutions de paiement mobile disponibles sur le marché local. Le système du paiement mobile se répandait en Afrique, où la majorité des consommateurs n'utilisant pas les banques n'avait ni compte ni carte bancaire. Une nouvelle ruée vers l'or battait son plein. Luca et ses partenaires amélioraient un mode de transactions qui permettait aux abonnés d'effectuer par SMS des transferts de liquidité.

Luca s'était dévoyé en ouvrant trop grand sa braguette et son cœur à l'Afrique. Les anglophones appelaient ça «going native». Ses amis teutons n'appréciaient pas cette ouverture d'esprit qui le poussait à appréhender les choses sous des angles peu orthodoxes. Ils auraient trop à perdre si comme lui, pour s'amuser un peu, ils acceptaient de se mettre dans la peau d'un Noir.

«C'est par amour que nous nous sommes mariés», affirmait Hillary. Cherchait-elle à s'en convaincre elle-même ? Ses photos le prouvaient. L'intensité du désir de l'homme sautait aux yeux. Il perçait le papier pour l'éblouir. Luca avait demandé la main d'Hillary, alors que d'autres s'étaient contentés de convoiter son corps. Il la tenait, l'embrassait à pleine bouche en public, chose qu'on ne voit pas souvent en Afrique. Il la rythmait. On l'aurait cru tout droit sorti d'un roman d'amour, celui-là. Les mégères lui enviaient son bonheur. Elle avait gagné le gros lot.

Hillary ne comprenait pas comment un homme s'autorisait à mettre l'œil sur tout ce qui bouge ; à multiplier les conquêtes au vu et au su de tous ; à les engrosser les unes après les autres comme s'il avait été mandaté pour remplir la terre de sa progéniture, et ensuite venir pleurer, comme s'il était la victime d'une calamité. Macron ne serait pas content, lui qui avançait que l'Afrique étant surpeuplée, faire des enfants n'arrangerait rien à la situation. Apparemment, le zizi de l'Africain au repos comme au garde-à-vous lui faisait craindre le pire. Il n'était pas le seul ! Il ne parlait jamais de la main basse de son pays comme facteur d'appauvrissement.

— Les hommes d'ici ne valent rien. Incapables de sérieux, ils ne servent qu'à fatiguer la femme. Moi, j'ai déjà donné. Mon frère, tu m'entends ? Je préfère le mien fidèle comme Luca.

— Où est-il donc ce Luca ? demanda Rémy.

— Il est rentré chez lui.

Cela faisait deux ans que l'homme dont Hillary vantait les qualités était en Suisse. Son contrat arrivé à terme, son visa de travail n'avait pas été renouvelé. Hillary se donnait des raisons d'espérer malgré tout, et de rester amoureuse de celui qui selon toute vraisemblance l'avait abandonnée. Luca appelait tous les jours ce qui la rassurait. L'espoir la faisait vivre.

— Quand comptes-tu le rejoindre ?

— Je ne sais pas. J'y travaille.

— Est-ce vraiment à toi d'y travailler ? Ne serait-ce pas plutôt à lui de faire venir son épouse ?

— Il ne sait pas comment s'y prendre.

— Vraiment ma sœur. Tu crois ça ?

Se mêler des affaires d'Hillary ne pouvait que gâter la nouvelle relation qu'ils tentaient d'établir et donner à Rémy mal à la tête. À l'intersection de la logique et de l'émotion ne résidait que la confusion. Rémy éprouvait de la tristesse pour sa sœur. À quoi jouait son mari ? Quel était son manège ? Il avait tant de choses à dire, et ne la connaissait pas assez bien pour prendre le risque de partager ses pires appréhensions. Et s'il se trompait ? Savait-elle quelque chose que personne d'autre ne savait ? Était-elle naïve ? Le mari, avait-il pris la clé des champs ? Noir, blanc ou jaune, un homme restait un homme, capable du meilleur comme du pire.

Pourquoi après deux ans, Luca n'avait-il rien encore fait pour retrouver sa femme ? Pourquoi la famille permettait-elle à Hillary de croire qu'un jour, elle retrouverait son prince charmant dans sa belle enclave médiévale ? Tenait-il tant à elle ? Rémy décida de taire ses pensées par crainte de créer des problèmes supplémentaires, de ne formuler que de grossiers préjugés, son incapacité à accepter qu'un homme, quel qu'il soit, puisse être aussi bon qu'on voulait lui faire croire.

Comme promis, le vendredi suivant, Gisèle passa chercher Danielle et Rémy pour une soirée entre amis. Elle leur présenterait une face de Douala qu'ils ne connaissaient pas. Il fallait d'abord récupérer Louis, et changer de voiture. Associés, ils partageaient un bureau près de la zone portuaire. Pour tout mobilier, deux tables massives en acajou, dans une salle climatisée, rectangulaire, tout en longueur, servaient de support à des ordinateurs portables.

Plusieurs années auparavant, à la tête de la succursale africaine d'une multinationale, Louis avait accumulé des contacts utiles en traitant directement avec les acteurs les plus influents de la scène politique et économique du continent. À présent, à son compte, il enviait le chiffre d'affaires, même modeste selon ses dires, de huit milliards de francs CFA, soit douze millions deux cent mille euros que la société Securico, dirigée par des femmes, parvenait à faire au Zimbabwe.

Ces convoyeuses de fonds assuraient sur le sol le transport et la sécurité des valeurs (billets de banque, pièces, bijoux, titres de paiement, métaux précieux...) qui leur étaient confiés par des institutions financières, des commerces ou des administrations. Louis jugeait le transport terrestre trop risqué. Il espérait mieux se débrouiller au Cameroun. Lui, c'est par avion qu'il comptait faire la différence. Son objectif : accaparer une part du marché du transport de fonds par voie aérienne entre les différentes capitales africaines.

Comme sur un coussin d'air, circulant dans le quartier des affaires, installés dans le confort de la Benz GL550, les remous de la vie au-dehors étaient à peine perceptibles. La maniabilité du 4x4 permettait une grande souplesse dans les pointes. En un rien de temps, ils se retrouvèrent en bord de mer, en dehors de la ville, devant un restaurant rempli de clients d'un côté, et, un ajoupa vide ouvert sur le rivage, parsemé de tables, de l'autre. Louis gara la voiture, alors qu'une douzaine de personnes s'attroupaient déjà tout autour. La crainte dans le regard, elles approchaient timidement, obnubilées par Louis, pour offrir leurs services.

Rémy n'avait jamais vu personne s'émerveiller de la sorte devant les signes matériels de la richesse. Gisèle lui fit remarquer :

— Pour ces gens qui battent la dèche, Louis est un Dieu. S'il leur ordonne de l'appeler Dieu, tu veux parier qu'ils le feront ? Chiche ?

Ni Danielle ni Rémy ne daignaient se moquer de la

misère qui conduisait des personnes à se comporter de la sorte ; à tomber en vénération devant d'autres. Les riches étaient donc des Dieux. La scène en disait long. Elle se répétait partout. Fier, impérieux, campé devant son véhicule, Louis contempla cette masse indifférenciée. Il pointa un doigt vers deux petites vieilles et un autre vers un vieux monsieur qui ne payaient pas de mine. Les autres quémandeurs s'éclipsèrent sur-le-champ. Il ne fallait pas fâcher le grand monsieur, c'était un gros bonnet. Le fils d'un ministre de la place, et le neveu d'un général redouté qu'on connaissait dans ces lieux, et qui avait le pouvoir de faire disparaître qui il voulait.

Des sièges confortables firent leur apparition à la table que Louis avait désignée. L'un après l'autre, des hommes rabougris vinrent proposer les produits de leur pêche. Des crevettes géantes, fermes et brillantes, des gambas, plus charnues que des ouassous, moins grosses que des langoustes. Louis en choisit un grand nombre, donna des instructions aux deux femmes, et commanda à boire. Il se comportait comme un seigneur, et dans ce moment, Rémy en avait la conviction, le Cameroun lui appartenait.

Impossible de le détester ou de lui en vouloir de jouir de si grands privilèges. L'homme était affable, sympathique, poli, distingué et très bien éduqué. Il ne laissait apparaître aucune once d'arrogance ou de cruauté. On aurait dit qu'il était serein. Il avait terminé ses études supérieures à Paris où il disposait d'un appartement à la Défense. Imposant, bâti comme un lutteur, il aurait fallu réfléchir à deux fois avant d'imaginer pouvoir l'agresser. Qu'il garde une arme à feu sur lui ne surprenait personne.

Un coucher de soleil pittoresque imposa le silence.

Rémy méditait, faisait le vide dans sa tête pour jouir du moment. L'air marin, et la quiétude des lieux contribuaient au sentiment de plénitude depuis trop longtemps absent qu'il ressentait à présent. « Il est bon de se prélasser sous un hangar ouvert comme un carbet », songeait-il ! Le vin adoucit son humeur comme le vent qui soufflait délicatement. Des torches apparurent suivies de quatre assiettes démesurées croulant sous des crustacées grillées à la plancha aux épices du terroir. Le parfum fit palpiter leurs narines. La cuisine du Cameroun l'enchantait. Le goût des gambas engourdissait son palais. Jamais Rémy n'avait dégusté d'aussi bons fruits de mer. Rassasié, il continuait de s'empiffrer quand même, sans pouvoir s'arrêter. Il ne retrouverait pas de sitôt des saveurs si divines.

La voix suave, mélodieuse de Louis berçait Danielle, Gisèle et Rémy. Il leur contait son enfance passée à l'ombre des ministères, à profiter des facilités qu'offraient des parents fortunés. À seize ans, il aperçut une jeune-fille d'une grande beauté sur le bord de la route menant à l'école. Ne parvenant pas à retenir son attention, à la faire s'arrêter, et encore moins, à la convaincre de sortir avec lui, il gara la voiture pour marcher à ses côtés. Rien à faire. La mignonne ne répondait pas à ses avances ni à aucune des questions pourtant anodines qu'il lui posait. « Où vas-tu ? Je peux t'emmener, si tu veux ? Comment t'appelles-tu ? »

Son sang ne fit qu'un tour. Refusant qu'on l'ignora aussi résolument, il la kidnappa en plein jour. Au fond du jardin, dans la remise où il l'emmena, loin des regards indiscrets, il la viola dans l'aigreur pour lui « enseigner les bonnes manières. » Pour apaiser la colère des villageois remontés contre lui, ses parents le rabrouèrent devant eux, et laissèrent repartir la fille. Peu après, l'affaire fut classée.

Gisèle ricanait. Ni Rémy ni Danielle qui ne parlaient plus n'avaient la force de s'offusquer, de monter au créneau et encore moins de rire. Tout au plus, ils réussirent à produire un sourire forcé. Il n'y avait que Gisèle pour trouver une histoire aussi horrible, drôle. Le plus fort avait toujours raison. Ici, Louis se passait d'avocats et d'agences de relations publiques. Sa volonté s'exprimait plus crûment, mais partout, elle s'affirmait aussi. Il avait honoré la pauvre fille de son attention, disait-il en riant. « Elle aura finalement une histoire intéressante à raconter dans sa misérable vie, sans oublier l'argent perçu. »

Repu d'anecdotes et de gambas, Louis réglait cuisinières, pécheur et vendeur de boissons séparément. Reconnaissant, tout le monde y trouva son compte. Rémy et Danielle n'iraient pas en boîte finir la soirée avec leurs hôtes, préférant rentrer se coucher. Louis les ramena au 4x4 de Gisèle garé devant le bureau. Danielle lui fit la bise et Rémy l'empoigna. Magnanime, il le voyait pareillement, mais pas à égalité, comme une victime. Louis avait été un enfant mal élevé, livré à lui-même dans une confiserie. Il dormait bien la nuit. Difficile d'y voir clair. Il était si affable. L'injustice s'infiltrait dans la conscience de l'acceptable par le biais du contact personnel. Elle s'incrustait dans les fibres d'une moralité qui se voulait trop souvent à géométrie variable.

En route pour Akwa, Gisèle expliqua qu'après son retour au pays, Jean-Philippe, son nouveau mari, l'homme d'affaires pour lequel elle avait renoncé à une situation enviable à l'ambassade du Cameroun aux États-Unis, n'était qu'un pervers narcissique, un gros dégueulasse qui lui avait fait les pires méchancetés. Elle avait connu l'enfer, des démangeaisons, des brûlures, des sécrétions vaginales, la totale. Rémy aurait préféré qu'elle arrêtât de parler. Ses mots lui retournaient l'estomac. Il ne voulait rien savoir. Ceux de Louis avaient été insupportables. À présent, il recherchait un peu de paix, mais ne dit rien pour ne pas la contrarier.

— Imagine donc comment je me sentais. Moi qui croyais épouser un homme bien. J'avais choisi un gamin. Je me suis retrouvée avec un attardé mental sur les bras, léger, découcheur, malpropre, partouzeur et incorrigible. Tu penses que j'aurais accepté de me marier avec un type comme ça si j'avais su qu'il avait sept femmes dehors ? J'ai pris mes jambes à mon coup aussi vite que j'ai pu, sans demander mon reste.

DIX-SEPT

Le petit groupe d'une vingtaine d'hommes et de femmes partait à la queue leu leu se recueillir sur la tombe des parents. Le cimetière se trouvait à cinq cent mètres de la concession. Il tenait à montrer à Rémy la sépulture où était enterrée sa lignée. Rémy voulait rendre hommage aux ancêtres. Il se sentait fier d'appartenir à un clan. Les voisins allongeaient le cou pour observer la procession. Ils semblaient au courant de ce qui se déroulait. D'autres accourraient pour regarder cette flopée de personnes proches et distantes, qui telle une troupe de guerriers défilait en silence.

Ils bifurquèrent par un sentier étroit face à une montagne d'ordures ménagères. Rémy n'en croyait pas ses yeux. Au-delà de la décharge sauvage s'ébauchait un cimetière discret. Trop près de la vermine. Cela le révoltait. Comment les riverains osaient-ils ainsi manquer de respect aux ancêtres, profaner le lieu de leur dernier repos ? N'étaient-ils pas eux aussi de la grande famille Sawa ?

Le regard noir, les aînés indiquaient les tombeaux des parents. Ils expliquaient qui était le descendant de qui. Impossible de se souvenir de tout ce monde. Il y en avait beaucoup trop. Rémy ferait acte de contrition avec les membres du groupe, mais pour des raisons différentes. Eux regrettaient la disparition de leurs proches. Lui de ne pas les avoir connus. Un cousin d'âge avancé leva un bras au ciel pour prier à voix haute. Le groupe se rapprocha de lui sans tarder, baissant la tête. Le cousin ferma les yeux pour mieux se recueillir devant la tombe d'Armand. Rémy redoutait le prochain arrêt prévu devant la sépulture de son père. Il savait ses larmes rebelles, difficiles à maîtriser, et qu'il ne pourrait dissimuler la peine qu'il ressentait encore. Il avait attendu plus de quarante ans pour enfin rencontrer son père. « Pas comme ça ! » Il pleurait déjà tout bas.

La prière terminée, le cousin se mit en branle. On le suivit d'un pas lent et mesuré vers la sépulture de Claude et de sa seconde épouse. Des cris rauques bouleversèrent soudain la tranquillité du lieu. La vue d'un autre vieillard qui approchait irritait l'arrière-garde. Des barbus offensés par l'irruption de l'intrus s'époumonaient pour le chasser, lançant leurs bras vers le ciel en signe de dépit. Il n'y avait donc plus de respect pour les aînés ? Se demandait Rémy.
— Tu es une honte. Judas, va-t'en.

Désavoué par ses frères, banni des fêtes familiales, il avait, disait-on, semé la zizanie dans le clan. Les jeunes en retrait restaient cois. Les aînés n'avaient pas toujours été des sages. Ils avaient un jour, eux aussi, été écervelés. Bloquant les reflets du soleil du revers de sa paume, Rémy reconnut le grand-oncle avec lequel il avait déjeuné au restaurant. L'homme ne bougeait plus, il se faisait rabrouer. « Avait-il peur ? » Il fixa Rémy de cette mine pitoyable qui signale le reproche. Le partage du repas est un geste d'hospitalité et de confiance. Rémy ne broncha pas. Il avait vu et surtout entendu assez pour croire l'inculpation.

Au retour, il fit un saut chez Cyrille. Les bras autour de sa belle, il semblait plus amène, et chantait une ode quotidienne à la beauté de la femme en chair, un peu grasse qui assouvissait ses fantasmes. Cyrille prenait toute la mesure des trésors dissimilés dans sa chair. En Afrique, disait-il, rien ne se gaspille, même pas la cellulite.

Le cas de Cyrille restait des plus préoccupants. De constitution chétive, il privilégiait l'excès. Les gabarits les plus corpulents, rien ne l'effrayait. L'artillerie lourde mettait le feu à son pantalon. Le petit alpiniste qu'il était raffolait des défis les plus farfelus. Il enjambait des monts et des sommets pour arriver aux pics de la jouissance. Il mettait du cœur à l'ouvrage pour accomplir de telles prouesses. Des hommes moins intrépides se contentaient d'admirer le panorama à distance. Cela n'augurait rien de bon pour ses reins et sa colonne vertébrale. Rémy comprenait l'obsession de son frère. Jadis, lui aussi, l'avait partagée. Mais une fois assouvi, son fantasme s'était évaporé. À l'instar des autres dans la fratrie, il pratiquait la discrétion.

Tout parfait accouplement requérait sa dot, ce que les parents de la future mariée désignaient comme nécessaire à la conclusion du contrat, ce qu'ils réclamaient au futur gendre, les marques de son respect. Il fallait se soumettre à leurs caprices. Les compenser symboliquement avant d'obtenir la main convoitée. Ce qui passait parfois pour de l'abus n'était en fait qu'un jeu. L'objet en valait la chandelle.

À Washington, Rémy avait assisté aux fiançailles d'un Kamer. Accompagné du futur époux, son pote, de sa famille, et d'autres amis, devant le domicile de la convoitée, impatient, le grand frère intercesseur frappait à la porte d'entrée. On grelottait. La température approchait les moins dix degrés.

— Qui est-ce ? La voix agacée d'une femme âgée provenait de l'intérieur.

— Excusez-nous de vous déranger ainsi, madame. Nous avons aperçu un très beau fruit dans votre jardin et aimerions l'acheter.

— Il n'y a aucun fruit à vendre dans notre jardin. Vous vous trompez. Passez votre chemin.

Rémy ne comprenait pas trop à quoi rimait cette mise en scène. Il avait froid, et jamais de sa vie n'avait pris la peine d'aller voir les parents d'une femme pour leur demander leur avis. Ça revenait à prendre le risque d'essuyer un refus.

— Laissez-moi vous le décrire alors. Il est mûr et pourrait tomber à tout moment, auquel cas, il serait à jamais perdu aux souris et aux rats n'apportant que désolation. Notre famille le prise tant, qu'elle désire le voir fructifier. Ce fruit nous est précieux.

— Entrez donc vous réchauffer, et montrez-nous ce fruit qui cause votre agitation.

Une entremetteuse courte sur pattes, autoritaire, ouvrit la porte pour secourir du froid une assemblée avide de chaleur.

Les parents de la future trônaient au milieu du salon sur des fauteuils élégants et massifs. Alignés le long des murs, la famille et les proches observaient les nouveaux venus d'un œil amusé. Le grand frère se plaça devant eux pour poursuivre les négociations, laissant son entourage s'installer sur les sièges qu'on lui indiquait. Une jeune femme de toute beauté aux airs de Meagan Good se faisait désirer, prenant le temps de se pavaner en descendant la douzaine de marches des escaliers du second étage.

— Est-ce là le fruit que vous avez vu dans notre jardin ? demanda l'entremetteuse.

— Non, madame. Celui-là est très beau et paraît succulent, mais ce n'est pas pour lui que nous sommes venus.

Une autre jeune femme descendit à son tour, puis une autre. La dernière, de ses pas chaloupés, envoûtants, saisissait les regards, et se distinguait. De ses yeux scintillants et de son teint éclatant, elle illumina la pièce. Cette fois, c'était la bonne. Était-ce même possible ? Comment pouvait-elle être encore plus belle que la première ? Quel genre de parents produisaient autant de créatures de rêve ? Ces parents-là semblaient pourtant ordinaires. Les pourparlers continuaient et finalement, le père se manifesta en premier.

— D'abord, il faut demander à notre demoiselle si elle accepte ! Alors ma chère ?

Tous les regards se dirigèrent vers la créature, le teint uni, le visage ovale, le sourire pudique, la timidité feinte apparue en plein salon. Elle susurrait de sa voix brumeuse :

— Oui. Absolument. J'accepte. D'une voix rauque, l'air enjoué, le père reprit :

— Nous avions réclamé certains articles. Vous les avez amenés ?

— Oui, monsieur. Une Bible de Jérusalem reliée en cuir pour madame. Un costume Givenchy en laine blanche pour monsieur...

Sans s'en rendre compte, Rémy garda la bouche bée tout le temps de la visite. Il eut le plus grand mal se faire à l'idée des pratiques auxquelles il assistait.

Financer un festin, réunir les sommes d'argent et les objets réclamés pourrait bien prendre une éternité à Cyrille. Tenant à faire les choses à sa manière, dans le respect de la tradition, il n'avait aucune raison de se précipiter. Il buvait le petit lait. Le fruit qu'il convoitait se trouvait déjà dans son lit. Bien élevé, il voulait tout de même honorer ses parents et s'assurer leur bénédiction. Sa femme méritait au moins ça ! Il devait faire marche arrière sans pour autant la renvoyer chez eux.

À son retour chez sa grand-mère, Rémy en aurait le cœur net. Seule au salon, elle chantait des cantiques. Richard dans un coin, assis au calme sur un tabouret, un livre à la main, était absorbé par l'étude.

— Cousin, j'ai besoin que tu traduises mes mots en Douala. J'ai des questions pour notre grand-mère.

— Tu m'as fait peur. J'ai cru qu'il y avait danger. Allons la trouver.

— C'est tout comme.

Aurélie leva les yeux ébauchant un sourire plus franc à mesure que Rémy et Richard approchaient. Ils prirent place chacun à côté d'elle. Elle déposa ses mains veineuses doucement sur leurs genoux qu'elle tapotait comme l'on fait pour calmer un gamin agité. Elle considéra ses petits-enfants avec une indulgence toute maternelle.

— Grand-mère, il y a quelques jours, j'ai déjeuné avec le petit frère de ton défunt mari. Aurélie écarquilla les yeux. Rémy comprit qu'il n'aurait pas dû. Qui est cet homme ? Pourquoi a-t-il été renvoyé du cimetière alors que nous nous recueillions ?

La tête penchée en avant, Aurélie entama son récit dans un Douala soigné, plongeant un regard attristé dans celui de ses petits-fils. Même sans comprendre sa langue, Rémy sentait qu'elle soupesait ses mots. Elle disait les choses sans plaisir. Sa mine redevenue grave, les mains posées sur son Kaba, par moments, elle s'engouffrait dans ses pensées.

— Gaston a trahi notre famille. Il croyait bien faire. De bonnes intentions mal placées nous ont causé à tous un tort énorme. Il était tellement consumé par la jalousie que par tous les moyens possibles et imaginables, il a cherché à nuire à son frère aîné.

Une explication de ses méfaits suivit avec force de détails : votre arrière-grand-père paternel ayant une conception traditionnelle de la succession désigna un héritier unique, comme le veut la coutume. Mon mari, votre grand-père, fut cet héritier.

L'enfant jugé apte à poursuivre l'œuvre du père hérite de la concession familiale, de tous les biens et surtout du respect de l'entourage. Il devient responsable de la famille entière. C'est à lui qu'on exprime les doléances. C'est lui qui se charge de consulter les ancêtres et de chercher les solutions aux difficultés de chacun. Il invoque l'assistance des ancêtres et des membres du clan en vue de la réalisation des projets d'intérêts généraux. L'héritier coutumier a le devoir de veiller à la stabilité des liens entre les membres de la grande famille afin d'en faciliter la prospérité. Il doit réunir le clan périodiquement pour que les multiples descendants se connaissent, mais aussi pour débattre des problèmes collectifs et de ce qui menace la famille.

Son grand frère s'est toujours bien occupé de lui, mais quand ton père a commencé à se mêler de politique, Gaston s'en est sournoisement pris à lui. Avec ses amis, il était indic et s'acharnait sur mon fils. Voilà la vraie source du conflit. Il l'a dénoncé à la police pour sauver sa peau. On n'a jamais su ce qu'il avait contre lui. Ton père était son souffre-douleur. Il faisait courir des fausses rumeurs sur son compte. Lui ne l'avouera jamais. Un de ses amis l'a fait à sa place, avant sa disparition. Sa conscience le torturait. Il était venu chercher l'absolution ici et avait tout déballé. Cela nous a profondément blessés, ton grand-père et moi. Il s'est finalement résigné à expulser son petit frère du clan. C'est un tabou dans la famille. Nous n'en parlons jamais. Nous avons toujours voulu garder le secret, mais aujourd'hui, tout le monde connaît la vérité. Gaston a dû croire que tu ne l'apprendrais jamais. Il a dû penser qu'il pouvait t'utiliser pour se racheter. Lui, et Dieu seul savent.

Claude avait été l'élu aimé de tous, et surtout de mon cousin, le roi. Ses héritiers se désintéressaient du trône. Un poursuivait une carrière de banquier à Montréal et l'autre, professeur en Allemagne, ne comptait pas non plus revenir occuper une fonction honorifique.

Mon cousin aimait tellement mon aîné, qu'il voulait en faire son successeur. Ce fut une source de conflit supplémentaire dans la famille. Mais en fin de compte, Claude a sagement refusé l'honneur que lui faisait le roi et ainsi a mis fin aux dissensions dans l'ethnie.

DIX-HUIT

Delphine arriva chez sa grand-mère de beau matin. Voyant Danielle attablée pour le petit déjeuner, elle lui demanda d'aller chercher son mari. Apprenant qu'il dormait encore, elle toisa sa belle-sœur avant de lui lancer sans ménagement :

— Il faut le réveiller. Je suis venue m'entretenir avec mon frère.

Choquée par autant de brusquerie, Danielle partit se réfugier dans la chambre faisant mine d'obtempérer. On ne lui parlerait pas n'importe comment, ici ou ailleurs. Elle s'allongea sur le lit auprès de Rémy, déterminée à préserver son sommeil. Après quinze minutes, quelqu'un frappa à la porte de la chambre de manière insistante. Danielle rageait. « Son toupet n'a donc aucune borne. Pourquoi ne peut-elle pas attendre qu'il se réveille comme tout le monde ? »

Réveillé par le bruit, Rémy ouvrit les yeux, un sourcil relevé, inquisitif. Il contempla la mine défaite de Danielle, puis posa ses deux pieds sur un carrelage refroidi par la climatisation. Il fit deux pas mal assurés et poussa la porte grande ouverte.

— Mon grand frère ! s'exclama Delphine, se déridant soudain. Je suis venue te voir pour qu'on discute. C'est important.

La tête dans le cirage, Rémy lui indiqua la direction du salon où il promît de la retrouver. Après un rapide passage aux toilettes, il rejoignit sa sœur. Delphine entama la longue litanie de ses déboires. Elle mentionna son mari souffrant une douzaine de fois ; la perte de son outil de travail : une auberge et un restaurant qui avaient fait d'elle l'envie du voisinage ; le manque de respect qu'elle endurait depuis la perte de son statut de chef d'entreprise ; la difficulté d'avoir été l'aînée d'un homme autoritaire ; son manque d'autonomie à cause des maigres ressources de son mari, et patati et patata.

Elle ennuyait Rémy. Sa voix n'était qu'un râle interminable. Il ne l'écoutait plus. Il savait trop bien où elle voulait en venir et l'avait zappée, à peine avait-elle commencé. On l'avait averti de ce genre de tactiques.

Delphine n'avait pas fait le déplacement de Bonapriso à Akwa pour lui raconter sa vie. Il avait compté les fois où elle avait répété les mêmes choses et comment elle tournait autour du pot avant de lui asséner le coup de grâce. Il se doutait que la somme qu'elle allait quémander serait conséquente, proportionnelle au temps qu'elle prenait à coucher sa requête.

— Je veux un restaurant, dit-elle enfin en guise de conclusion.

Le glas avait sonné.

— C'est bien, ma sœur. Je te soutiens dans ta démarche. Rémy jouait au plus fin.

— Non. Tu ne comprends pas. Il faut que tu me l'achètes.

Rémy ravala sa salive. Il n'avait jamais fait les frais d'autant d'impertinences. Rien n'allait plus. Il fallait s'exprimer avec prudence. Éviter d'aggraver une situation délicate.

— Oui, absolument, c'est promis. Je te l'achète dès que je deviens riche.

— Non, non. Je ne blague pas. C'est maintenant qu'il faut m'aider, grand frère.

— Maintenant, c'est impossible petite sœur. Demain, peut-être, inshallah.

Delphine baissa les yeux, affaissa sa mâchoire, et prit une mine d'enterrement. « Sacrée manipulatrice, va ! » pensa Rémy. L'air narquois qu'elle adopta donna l'impression qu'elle lui manquait de respect. Rémy aurait juré qu'elle l'avait traité de « sale pingre ». Delphine se retourna, déplaçant le poids de son corps d'une jambe à l'autre faisant mine d'hésiter avant de partir. Ce dandinement nerveux ne présageait rien de bon. Rémy ne put s'empêcher de parler.

— Que cherches-tu réellement en fin de compte, petite sœur ? Tu veux gagner de l'argent, non ?

— Oui, exactement.

— Alors, pense plutôt à la façon la plus rapide de l'obtenir. Est-ce vraiment un restaurant qu'il te faut ?

On frappait à la porte. Tatie Anne-Marie s'en occupait. Grand-mère ne tarderait pas à apparaître à son tour. Les autres sœurs commençaient à arriver. Des voix se faisaient entendre. Visiblement mal à l'aise, Delphine gigotait. Personne ne devait savoir ce qu'elle était venue faire. Bianca ouvrit la porte pour les saluer.

— Tiens. Pourquoi ne travaillerais-tu pas avec nos sœurs ? Cassandra a beaucoup d'expérience dans la gestion d'une entreprise. Cynthia fait très bien la cuisine. Bianca possède déjà un bar. Ensemble, vous pourriez faire un tabac.

Delphine roula des yeux, puis fit une moue suffisante. Son sourire forcé, cette grimace qui l'enlaidissait, en disait long sur la piètre opinion qu'elle avait de ses sœurs. Confrontée à son mépris, Bianca lui jeta un regard noir, puis de ses lèvres fardées laissa bruyamment échapper une succion dédaigneuse, tchiiiip. Vidée de tout semblant de correction, Delphine rétorqua avec finalité :

— Moi, je ne m'occupe que de mon mari et de mes enfants. Les autres, je m'en fous.

— Tiens. Je pourrais dire la même chose, moi aussi. Personne ne te demande de te soucier des autres. Chacune apporte sa contribution et ensemble vous avancerez plus vite et plus loin. Outré, Rémy peinait à contenir son indignation.

— Je ne veux pas.

— Tu veux gagner de l'argent, oui ou non ? Que peux-tu faire en dehors d'un restaurant ? Des plats à emporter, non ?

— Oui, des grillades. Du poulet et du poisson braisés. Les gens aiment beaucoup ça! répondit-elle gaiement. L'émotion ne cadrait pas avec l'image qu'elle donnait d'elle.

— OK. C'est une idée. On avance. Et ça coûtera combien pour démarrer ?

— Donne-moi cent milles et aujourd'hui même j'irai acheter le poisson et le poulet pour commencer demain.

— Tu commences demain ?

— Et pourquoi pas. Il n'y a rien de plus facile ?

Rémy se rendit dans la chambre où Danielle était encore allongée et lui demanda cent mille francs CFA. Danielle ne posa aucune question. Elle savait déjà à qui l'argent était destiné. Elle se contenta de toiser son mari en signe de réprobation, l'air de dire, « Depuis quand es-tu un distributeur de billets ? »

DIX-NEUF

Chaque jour, Tatie Anne-Marie et Choupette remettaient de l'ordre dans la maison. Prévenante, Danielle cherchait à alléger leur tâche chaque fois qu'elle le pouvait. Grand-mère Aurélie, Tatie Anne-Marie, et Choupette s'attachaient à elle. Les petites attentions qu'elles avaient pour Danielle soulignaient leur approbation. Sa présence entre leurs murs était une bénédiction. Une femme moins respectueuse, moins avertie des us et coutumes africains aurait reçu un tout autre accueil et en aurait bavé.

Le contraste entre Danielle et les sœurs de Rémy était époustouflant. Elles ne levaient jamais le petit doigt pour aider, préférant s'enfoncer dans le canapé pour commenter les nouveaux clips du câble africain. Elles se contentaient de partager les repas et, une fois rassasiées, s'étendaient de tout leur long pour digérer au salon. Elles n'adressaient la parole à leurs hôtes que si elles ne pouvaient faire autrement. Les relations entre ces femmes semblaient tendues. Rémy ne comprenait pas les raisons de ce froid entre elles, pourtant tante, nièces, cousines et grand-mère. Les croyances religieuses avaient-elles quelque chose à voir là-dedans ? Il chercherait à en avoir le cœur net. Il fallait être circonspect et interroger la bonne personne.

Sans conteste, Bianca se distinguait du lot. Elle était la plus chaleureuse de ses sœurs. Son sourire avenant dissimulait les émotions négatives qu'elle aurait pu avoir. Elle semblait heureuse, à l'aise dans sa peau, plus ouverte que les autres, moins craintive. Aucune tension ne court-circuitait les moments que Rémy et Danielle passaient à ses côtés. Elle rigolait souvent. Pourtant, Delphine la toisait au point de leur donner des frissons dans le dos.

Avec les embouteillages, il fallait trente minutes pour parcourir en taxi les quelques kilomètres qui séparaient Bonamouang de Bonamoussadi. Par une route dégagée, il aurait fallu une dizaine de minutes. Le chauffeur démagogue s'arrêtait pour tous les clients. Se prenait-il pour un autobus ? Il fallait se coincer dedans comme des sardines, sans râler. C'était comme ça ici. Pénible !

Le vent fort qui soulevait la poussière contraignit les passagers à remonter les vitres. Des maisons inachevées, empilées les unes sur les autres, construites dans la hâte accaparaient le moindre espace de terrain cahoteux. Partout, le paysage restait une désolation parce que mal ordonné. Dans cette ville à l'identité incertaine, un urbanisme improvisé, non maîtrisé, ruinait toute possibilité d'harmonie esthétique. Ce spectacle créé par une mentalité axée sur la survie sacrifiait la beauté. Pour qui savait la mettre en valeur, elle aussi pouvait être un atout pour faire entrer des devises.

Loin de Kigali, la ville la plus propre d'Afrique, cette ruche humaine croulait sous son poids se démenant comme elle le pouvait grâce à une économie de la débrouillardise. Le poumon du Cameroun, était-il atteint d'emphysème ? Sous perfusion, peut-être ? Le pays stagnait-il, victime d'une gestion asthmatique ? Il semblait piétiner. Rémy cherchait une pâtisserie. Il avait trop avalé de ces produits lourds et farineux qui, à Douala, passaient pour de la pâtisserie fine. Son dernier espoir, le Carrefour nouvellement établi à Bonamoussadi. Une envie de friandises préparées avec soin, de chaussons aux pommes ou bien de pains au chocolat, et de mille-feuilles, devait être assouvie. Autant d'indulgences d'enfants gâtés aurait pensé un observateur hostile.

— Je vous verse où ? demanda le chauffeur.
— À Carrefour, en haut là-bas.

Le déploiement d'une troupe de militaires inquiéta Danielle. Armés d'instruments spécialisés, ils fouillaient les voitures avant qu'elles n'atteignent le parking. Des bergers allemands, et des miroirs d'inspection télescopiques pour véhicule tentaient de dénicher des explosifs. Danielle franchit le portique équipé d'un détecteur de métaux la première avant d'ouvrir son sac pour satisfaire la curiosité d'un agent. Rémy la suivit de près.

Loin de dissuader la clientèle, les mesures de sécurité à l'entrée la rassuraient. Le magasin venait d'ouvrir ses portes et ne désemplissait pas. Des Européens invisibles ailleurs, des Asiatiques à la tête tressée, ainsi que des bourgeois camerounais se pavanaient dans le lieu le plus branché du moment.

Danielle et Rémy firent le plein de galettes bretonnes, de quatre-quarts et de cidre, avant de se rendre à la boulangerie pour se goinfrer de chaussons aux pommes et de mille-feuilles. Avant de repartir, ils déambulèrent dans le temple de la consommation, davantage par nostalgie, désireux d'échapper à la pauvreté qui les attendait dehors. Ils traînaient pour faire durer le plaisir encore un peu. Une fois sortis, ils remarquèrent un homme aplati de tout son long sur le sol poussiéreux, immobilisé par quatre militaires qui lui passaient les menottes par-derrière. Un camion bloquait la route. Un soldat encagoulé pointait une mitraillette sur la nuque du prévenu. Lentement, d'autres prélevaient d'un véhicule un sac de sport ouvert d'où pendaient des fils électriques détachés d'une petite batterie. L'homme ne semblait rien comprendre à ce que les agents lui disaient. Il se laissait traîner manu militari dans une fourgonnette à l'aspect sinistre. Le sac disparut sans que personne sache où il était passé. Déjà, une remorque attelait la voiture. Frêle, pâle, et perturbée, Danielle tremblait comme une feuille morte. Son regard effarouché cherchait celui de son époux qui sans échanger un mot, l'agrippa pour la tirer vers lui. Elle était perturbée. Le séjour ne les enthousiasmait plus.

VINGT

Dans le rôle de rassembleur qu'il s'était assigné, Cyrille usait de diplomatie, de paroles mesurées, de sa voix suave, riche et chaleureuse pour briller. Une réelle affection pour les membres de sa famille l'animait. Sans ses sollicitations, il aurait été facile de se désolidariser. La présence de Rémy était une occasion de plus pour se réunir et alimenter la flamme qu'il cultivait.

Le sourire amène, Cyrille en désarmait plus d'un, cooptant les velléités de non-participation. Il prenait l'initiative de toutes les activités du groupe. Fédérateur dans l'âme, s'il ne riait plus, tous s'en inquiétaient, et le malaise s'installait. Il servait de baromètre de l'intégrité du lien familial.

Source de louanges insatiables pour un père disparu trop tôt, Cyrille ne remarquait jamais les froncements de sourcils que ses affirmations dithyrambiques suscitaient chez ses aînés. L'admiration débordante digne d'un fils reconnaissant se moquait de cette distance qui facilite l'objectivité. Rémy écoutait tout le monde, attentif aux discordances dans l'instant de l'échange. Sous un autre soleil, il en chercherait les causes.

Il ne pleuvait pas à Douala en décembre. Pour se faire oublier, les moustiques ne sortaient qu'à la tombée du soleil. Ils harcelaient alors la peau nue de leurs proies. Tels des colons indésirables, en échange du plasma nourricier qu'ils en extrayaient, ils laissaient un souvenir létal. Les caniveaux remplis d'une eau verte, épaisse et stagnante pullulaient dans le quartier sans que personne y fasse attention. L'insouciance encourageait le crime. Douala et sa région connaissaient le taux le plus fort au monde de chloroquino-résistance, et le paludisme demeurait la première cause de mortalité chez les humains.

Rémy remarquait des choses qui pour d'autres semblaient sans intérêt parce qu'il voyait le Cameroun d'un œil neuf, pour la toute première fois, avec la curiosité d'un dilettante qui ne ratait jamais rien. Les sens en éveil, vulnérables à des germes auxquels son corps n'était pas habitué, qui avaient le pouvoir d'écourter sa vie autrement condamnée, il guettait les moindres signes d'infection, une toux insistante, un début de diarrhée, un semblant de fièvre, avant de se jeter sur les cachets que son médecin traitant lui avait prescrits.

— Toutes les fois où je t'entends parler de notre père, Cyrille, tu vantes des mérites que personne ne corrobore. C'est comme si vous connaissiez un autre homme.

— On est tous nés dans une famille différente, Rémy. Chacun d'entre nous.

— Que veux-tu dire ?

— Qu'on ait le même père et la même mère, après l'arrivée de chaque enfant, la dynamique change dans la famille. Moi, j'ai passé un temps fou dans l'ombre de papa, à aller partout avec lui. Je le connaissais mieux que quiconque ici. J'ai vu comment il se comportait et comment les gens l'aimaient. C'était un homme vraiment exceptionnel.

— On m'a laissé entendre qu'il était corrompu, qu'il avait accepté de l'argent sale, que pour lui, tout était bon pour s'enrichir.

— C'est qui on ?

— Notre grand-père, en revanche, un exemple de probité essayait de le remettre sur le droit chemin.

— Il ne faut pas écouter les potins, grand frère. C'est faux, tout ça. Papa a travaillé dur pour tout ce qu'il a gagné.

— J'ai été élevé dans l'illusion qu'il était un roi. Du moins, c'est ce dont ma mère était convaincue. Elle tirait ça de son entourage.

— Notre père était chef de troisième degré. Le roi, c'est le cousin de la grand-mère qui le traitait comme un vrai fils et voulait en faire son successeur. Ça faisait jaser. Notre père était en porte-à-faux avec les aînés sur le plan politique, c'est vrai. Ses positions étaient radicales. Il appartenait au SDF, s'insurgeait contre les injustices, l'arbitraire et l'indifférence des élites devant les souffrances du peuple. Certains dans la famille lui en voulaient et le jalousaient, mais ses parents l'ont toujours soutenu. Ils sont restés très proches. Toutes les fois où il venait à Douala, il ne ratait jamais une occasion de leur rendre visite et de s'assurer qu'ils ne manquaient de rien.

— Pourquoi cette animosité, alors ? Pourquoi donc certains membres de la famille ne l'aimaient-ils pas ?

— La jalousie, Rémy. La convoitise. Que veux-tu que je te dise ? C'était un bel homme qui réussissait aussi bien en affaire qu'avec les femmes. Un bon vivant en plus, libre et indépendant. Il brassait le bonheur. Personne ne comprenait pourquoi le roi voulait contrevenir à la tradition pour en faire son successeur. Il s'identifiait au père et l'aimait, tout simplement.

— Il y a quand même un truc qui me reste en travers de la gorge. Notre père a fait des études. Il a éduqué plusieurs générations de Camerounais. Comment se fait-il qu'il ne vous ait pas poussé, vous aussi ?

— Il a vraiment tout essayé, mais on a beaucoup résisté avec l'aide de notre mère. On a pris des coups, tu sais. Une chèvre qui n'a pas soif ne boira pas, même si tu mets sa tête sous l'eau. Nous avons fatigué le vieux et puis il a fini par se résigner. On avait déjà tout. Pour nous, faire des études ne rimait à rien.

Chaque jour, un mail de Christiane plus insultant que le précédent arrivait dans la messagerie de Rémy. Ces missives qu'il consultait au réveil avaient le don de le mettre en rogne, mais sans savoir pourquoi, il refusait de les supprimer. Les garder pourrait servir ses intérêts ! Il en tirait peut-être une satisfaction macabre. Rémy appréhendait le retour. Avec Christiane, on ne savait jamais à quoi s'attendre. Elle se déchaînerait certainement sur lui, et pour sûr, continuerait à le harceler.

VINGT ET UN

Une pluie fine menaçait. Un ciel épais, grisonnant filtrait les rayons du soleil. La poussière se levait partout, bousculée par un va-et-vient incessant. Rémy marchait d'un pas soutenu. « Ton pied, mon pied » lui répétait Cyrille. Il n'y comprenait rien. Rémy suivait son frère en sautillant, l'œil arrimé au sol, plus soucieux d'éviter un trou par-ci et un caniveau par-là, ainsi que les passants aux pieds lourds.

Rongé par la rue, le trottoir déversait son trop-plein de piétons au milieu de la circulation. Conduire en Afrique s'apprenait souvent sur le tas. Il fallait avoir le rythme, sentir venir les choses, apprécier le tempo, et surtout, garder la mesure. En bas d'un morne graveleux, Cyrille s'arrêta net, et leva la tête. Rémy se demanda s'il avait oublié le chemin de la maison du vieil homme chez lequel ils se rendaient. Cyrille sourit et pointa du doigt un mur en parpaings gris comme le ciel, perché sur un monticule. « C'est là. » Ses dents éclataient de blancheur. Il était dix heures.

Les deux frères empruntèrent un escalier de fortune qu'ils enjambèrent deux marches à la fois pour atterrir sur une petite véranda. Dans un coin, des piles flétries du magazine « Réveillez-vous » posées sur un bureau de bois pourri dévoré par les termites marquaient le passage du temps. Cyrille se mit à crier, « Il y a quelqu'un ? » La troisième fois, une dame charnue d'un âge avancé, les cheveux en désordre, fit son apparition. Elle avait dû courir. Elle était essoufflée. Cyrille échangea avec elle des mots en Douala.

Elle les fit asseoir au salon.

Sur un mur, la photo d'un homme de taille moyenne, probablement le père de famille entouré de trois garçons et d'une fillette de moins de quinze ans. Le plus âgé est plus clair, métissé. Ses cheveux semblent moins fournis. Le décor fait penser à l'Allemagne ou à un pays limitrophe.

Un septuagénaire chancelant arriva sans faire un bruit au salon. À sa vue, Cyrille se leva pour lui serrer la main, et lui présenter Rémy, qui se redressa à son tour pour prendre celle du vieil homme. La dame apporta quatre Castels.

— Cet homme était le meilleur ami de papa. Ils étaient inséparables. Ils ont fait leurs études ensemble en Europe.

Le vieil homme regarda Cyrille. Pointant du doigt le portrait sur le mur, il se lança dans un récit.

— Avant d'aller rejoindre ton père en France, j'étais en Allemagne. L'enfant que tu vois à ma droite, je l'ai eu là-bas avec une Allemande. C'est mon aîné. C'était le grand amour. Le vieillard prenait du plaisir à se remémorer sa jeunesse, mais paraissait tantôt souriant, tantôt triste. Un monde d'émotion traversait son faciès. Personne n'osa l'interrompre.

— Ça lui fait du bien de parler, dit sa compagne.

Elle avait raison. Il s'animait. L'homme arrêta son récit pour fixer Rémy :

— Qui êtes-vous, Monsieur ?

Ils se relevèrent tous. Cyrille refit les présentations.

— C'est mon grand frère. L'aîné de papa. Il vit aux États-Unis.

Le vieillard reprit son récit. Il parlait maintenant de sa fille installée à New York. Cela faisait dix ans qu'il ne l'avait pas vue. D'elle, il recevait chaque début de mois un appel téléphonique et un transfert de Western Union. L'homme se tourna vers Rémy pour lui demander s'il connaissait sa fille.

— New York est une grande ville et compte un nombre important d'Africains. Je n'habite pas à New York, mais dans la grande banlieue de Washington.

— Ah, Washington. Je connais bien. Une très belle ville. J'y suis allé avec la présidence quand je travaillais au palais d'Etoudi.

Il retourna dans sa chambre pour en récupérer une plaque : Monsieur Jean Ndonto, ingénieur réseau. Il était volubile, fier, et partageait une joie contagieuse avec un sourire édenté.

— Vous savez, personne ne vient plus me voir. À mon âge, tous mes amis sont déjà morts. Monsieur, qui êtes-vous au juste ?

Une fois encore, Cyrille présenta Rémy qui cette fois ne prit pas la peine de se lever.

— C'est le premier fils de Claude, ton ami. C'est l'enfant qu'il a eu avec sa première femme, l'Antillaise, quand vous étiez étudiants.

— Ah oui. La Guadeloupéenne. Comment s'appelait-elle déjà ? Ah, ça me revient. Joséphine. Elle avait du caractère, la Négresse. Avec un nom comme ça. Elle ne se laissait pas faire. Ça chahutait dans l'appartement de Meudon.

L'œil de Jean brillait. Il prit une mine espiègle pour dévisager Rémy comme s'il le voyait pour la première fois.

— Votre mère se disputait tous les jours de la sainte semaine. Je n'avais jamais vu des personnes aussi mal assorties. Moi, je n'ai pas duré plus d'un mois chez eux. Je ne pouvais pas étudier. Il m'a fallu trouver un studio. Et puis ma femme arrivait d'Allemagne après l'accouchement, de toute façon.

Rémy resta coi. Il ne savait rien de la vie de couple de ses parents, mais le portrait dressé semblait plausible. Il connaissait le caractère belliqueux de sa mère. Il voulait poser des questions, mais, par pudeur ou par honte, il n'osa pas. Il n'avait surtout plus envie de se présenter à nouveau au monsieur ; et se contenta de l'écouter par égard pour un homme à la mémoire défaillante. Cette visite ponctuée de non-dits et de silences parlants dura un peu moins de deux heures. Le ventre de Cyrille grognait. Il était temps de demander la route.

Au rond-point de Deïdo, en marche vers la zone des taxis, Cyrille expliqua pourquoi il était tenté de croire Jean quand il parlait du chahut à Meudon. Rémy se braqua, prêt à défendre l'honneur de sa mère.

— Revenant de l'école plus tôt que d'habitude un après-midi, j'entendis des hurlements en provenance de chez moi. Je m'approchais de la fenêtre en catimini. Maman criait après papa, exigeant de savoir où il disparaissait comme ça chaque jour. Elle agrippait son veston et refusait de le laisser partir. Rien à faire. Elle ne lâchait pas prise. Papa, à bout de nerfs, lui tomba dessus. Elle était trop curieuse, disait-il, juste avant de la gifler. Ma joue m'a fait mal pour maman. La rage se lisait dans les yeux de papa. Si elle avait continué, je suis sûr qu'il lui aurait flanqué une raclée.

Quand il a ouvert la porte pour partir, j'ai juste eu le temps de me cacher. Rageur, attristé pour ma mère, dans l'ombre, je me suis faufilé entre les maisons pour le suivre. Je voulais donner à maman la réponse qu'elle cherchait. J'ai vite perdu ses traces. Il m'a feinté. Un vieux soûlard qui chiquait du tabac assis sur un rocher à l'angle de la rue se donnait des claques sur les cuisses en se moquant de ma confusion. Subitement, des voix courroucées s'élevèrent chez une voisine, deux maisons, plus bas. J'ai cru entendre la voix de papa mêlée à celle d'une femme. Et puis la femme a commencé à pleurer. Elle demandait pardon. « Monsieur, pardon. » Papa lui donnait une volée, j'en suis sûr. Elle pleurait de plus belle. Et le vieillard rigolait sans pouvoir s'arrêter. Il postillonnait en même temps. Il me regardait et pouffait de rire. Ses dents étaient toutes noires.

Devant la mine effarée que je prenais, il annonça : « La voisine est également sa femme. Mais comment, tu ne savais pas que ton papa est le patron ici ? À présent, c'est au tour de celle-là de se faire bastonner, pardi. Il y en aura pour tout le monde aujourd'hui. S'il ne sait pas ce qu'elle a fait, au moins, elle le sait. » J'ai pris mes jambes à mon cou. Il s'esclaffait de plus belle. Courant vers la maison, je me suis mis à pleurer. Je ne voulais pas que papa me voie.

VINGT-DEUX

Les femmes avaient déjà un programme. En amont d'une grande fête familiale à Bonaberi, elles partaient se faire bichonner, tresser, manucurer, pédicurer, et soigner le visage. Les garçons sortaient en bande aussi. Papa Yokoja, un ami d'Alex, un gigolo que les sœurs ne pouvaient pas piffer, les avait tous conviés à son anniversaire.

Homme à femmes, Papa Yokoja promettait la lune alors qu'il avait le plus grand mal à faire son plein d'essence. La grande consommation qu'il faisait de la noix du petit kola et de la debema, une écorce d'arbre, mélangés au matango, ce vin blanc qui se tire de la sève des palmiers, expliquait son hyperactivité et ses fatigues fréquentes. Le mélange d'écorce et de matango nettoyait les reins et améliorait les capacités sexuelles.

Alex, moins dragueur, mais quand même charognard ciblait les ex-copines de Papa Yokoja. En bon nettoyeur de fond, il consolait les maîtresses délaissées les écoutant avec la sincérité d'un prédateur aguerri. Il le faisait si bien que de temps en temps, elles faisaient venir le beau temps dans sa chambre. Papa Yokoja le surnommait « la hyène ». Ils se répartissaient le travail. Alex avait trouvé un système qui fonctionnait assez bien et lui faisait gagner du temps. On se moquait, mais il exultait.

La petite maison décorée avec une touche féminine semblait chichement meublée. Rien ne donnait envie de s'y attarder. Elle restait fonctionnelle. Un salon sans téléviseur encourageait la conversation. Tout y promouvait l'échange. Celui des fluides comme des boniments. Des sapeurs aux costumes bigarrés piétinaient l'herbe sèche à la recherche d'une joue à embrasser. Ils faisaient fuir l'escadron de filles qui s'amassaient devant la porte d'entrée alors que les festivités se déroulaient à l'extérieur, dans le petit jardin devant. Il fallait se dérober aux affamés bigarrés, par tous les moyens.

Jovial, éblouissant dans son costume jaune-or, Papa Yokoja dansait le Makossa comme un pitre parodiant un vieux monsieur qui lui ressemblait comme deux gouttes d'eau. Son père et lui rivalisaient de gestes maniérés, presque efféminés. Les femmes se désintéressaient de leurs simulacres, préférant chalouper leurs popotins en cadence alors qu'elles grimpaient les courtes marches à l'abri des regards vicieux. Les barquettes d'aluminium débordaient de légumes et de viandes, prêtes à rassasier des convives affamés.

Dans une salle à l'arrière de la maison, les enfants visionnaient un film nigérian. Sur le sol, des DVDs éparpillés vantaient les attraits d'une Afrique qui se contait des histoires à elle-même. Rémy se laissait envoûter par cette jeunesse insouciante semblable à celle de tous les pays. On était loin des débuts du cinéma nigérian avec une caméra unique quand le microphone débordait sur l'image. De nos jours, Nollywood supplante Hollywood en quantité de films produits à l'année.

Alex tenait à faire les présentations. Papa Yokoja se faisait dorloter dans les bras charnus de sa maman, où il avait trouvé refuge. Les taties souriaient de toutes leurs dents. Blanches et éclatantes, les plus belles dentitions laissaient entrevoir une fente au milieu. Sourire importait plus que tout. Comme un feu de brousse, c'est par ce biais-là que la bonne humeur se propageait.

Devant des frères débordants d'enthousiasme, emportés par l'inspiration du moment, faisant fi du qu'en-dira-t-on, Rémy s'aventura à faire un compliment galant à une jeune femme dont l'éclat et la chair plantureuse l'enivraient. On l'avait mené vers elle. Impossible d'ignorer son tissu chatoyant. Dans une atmosphère électrique, elle aussi lui rendit son sourire.

— Je te présente Nneni, dit Alex. C'est une des cousines de Papa Yokoja. Rémy, Nneni. Nneni, Rémy.

— Enchantée Rémy. J'ai entendu parler de toi.

— En bien, j'espère. Sinon, c'est tout faux. Tu es ravissante chère Nneni. Une reine de beauté. Nyanga, nyanga.

— Merci, merci, Rémy. Elle répondit timidement redressant sa tenue. Rougissant.

Alex tira son frère de force encore une fois, l'obligeant à lâcher la main moite et sensuelle que Nneni lui avait tendue. Celle, plus virile et sèche de Papa Yokoja attendait derrière lui.

— Mon joueur, c'est comment ? Bienvenue chez moi. Je vois que tu as rencontré la plus belle femme du village. Elle était miss Cameroun USA dans une autre vie. Elle est belle, hein ?

— Oui, très.

Alex tira encore son frère. Il fallait saluer les aînés au plus vite, et ainsi éviter tout grabuge. Au Cameroun, cela fait partie du savoir-vivre. On commençait toujours par saluer les plus âgés. Une fois les actes de courtoisie accomplis, Rémy rejoignit les enfants à l'arrière de la maison. En à peine quinze minutes, alors qu'il se perdait dans un film africain, ses frères vinrent le retrouver.

— Ça va péter, mon frère. Tu as mis le feu aux poudres, chuchota Didier.

Qu'avait-il fait ou dit de travers cette fois ? Décidément…

— Tu as écrit un chèque que tu ne peux pas encaisser, renchérit Cyrille.

Rémy, perplexe, dévisageait ses frères. Didier ajouta :

— Ici, on ne fait pas de compliments à une femme comme tu l'as fait, à moins que…

— Elle est énervée, coupa Cyrille avec empressement. Nneni m'a pris à partie pour se plaindre de toi. « Ton frère est un allumeur. Il me drague et puis s'en va comme ça et laisse tout en plan. C'est quoi ça ? » Ne va pas là-bas maintenant, Rémy. Elle croit que tu te moques d'elle. Si tu la vois, parle-lui en privé. Sinon tu connaîtras la fureur de la Camerounaise. Je ne te souhaite pas ça, mon frère. Pas du tout même.

VINGT-TROIS

Invité au cinquième anniversaire du petit-fils de Delphine, son petit-neveu ; accompagné de Danielle, et des enfants de ses frères et sœurs, Rémy se rendit au quartier le plus chic de la ville. Le paysage changeait à mesure qu'ils approchaient. Les rues s'élargissaient. Une ville apocalyptique se transformait, kilomètre après kilomètre, en cité moderne aux accents africains. On était loin des passages obligés des forces laborieuses. Il aurait été facile pour Rémy de se voir vivre là, mais l'impression de départ comme une morsure impardonnable avait laissé des traces sur sa psyché.

Deux espèces de résidents se partageaient la ville. La première négligeait les rudiments de l'hygiène, trop occupée à trimer pour joindre les deux bouts. La deuxième veillait à la salubrité de son espace vital. La première croupissait là où elle le pouvait dans l'espoir qu'un jour elle fréquenterait les salles de sport climatisées, l'institut français et les boutiques bien achalandées où on la laisserait déambuler à la recherche du temps perdu. La seconde vivait à l'heure de la mondialisation, au rythme de Facebook, Instagram, LinkedIn et Skype sur fond d'Al Jazeera, de CNN, d'Afrique Média, et de France 24. Cette espèce-là discutait politique et économie, consciente des décisions qui se prenaient à Washington, à Bruxelles, et à Beijing. Elle planifiait ses emplettes à Dubaï. Cette Afrique-là ne se laissait pas facilement approcher, et encore moins observer. Elle n'avait besoin ni des vêtements de seconde main ni de la pitié de quiconque. Elle se devinait derrière les vitres teintées des voitures de luxe, et gardait ses distances aussi bien des expatriés européens que de la masse laborieuse dont l'aigreur des revendications lui blessait les tympans.

Les expatriés vivaient près de la bourgeoisie locale à proximité de l'aéroport. Bonapriso abritait une multitude de restaurants, de magasins de prêt-à-porter, de supermarchés et de cabarets. Le chemin s'ouvrait sur des espaces verts aménagés qui, mêlés au béton, rendaient l'environnement attrayant. Les maisons comme les piétons se distançaient, augmentant l'impression d'ordre et de stabilité dans un quartier qui, si on n'y regardait pas de trop près, aurait pu se trouver dans n'importe quel pays développé.

Situé dans un des secteurs les plus calmes de Douala, interdit aux motos, constitué de villas et d'appartements plus ou moins délabrés, le quartier coûtait dix fois plus cher que les plus populaires. À proximité du port, du centre-ville, et des bureaux de l'administration, il était propre et sécurisé, mais en réalité, il y avait encore plus chic : Bonanjo, le quartier administratif où résidaient des membres du gouvernement ainsi que l'ambassadeur de France. En dehors de Bonanjo et de Bonapriso, la ville grouillait de vie.

Les taxis s'arrêtèrent dans une ruelle devant une immense maison de trois étages. Rémy et Danielle suivirent les enfants. Ils connaissaient le chemin. Un vigile accourut pour ouvrir le portail. Il indiqua de prendre l'escalier extérieur pour atteindre la véranda du premier étage. Une flopée de mamans accompagnées de leurs marmots s'esclaffait, s'agrippait et s'embrassait. Rémy déboucha dans une immense salle de séjour aux quatre coins de laquelle de gigantesques, magnifiques statues en bois montaient la garde. Des masques élaborés, placés sur tous les murs captivaient son attention. Des fauteuils installés côte à côte comme des trônes dévoilaient la haute opinion que les maîtres des lieux se faisaient d'eux-mêmes. La recherche dans le décor trahissait le passage de l'argent. Des battements syncopés et les hululements des mamans encourageaient le déhanchement forcené des enfants sur des rythmes endiablés. Toute cette beauté et joie de vivre spontanée rendaient gloire à l'Afrique, à l'insouciance, et à la vie.

Le cœur léger, Rémy rejoignit la danse sans se faire prier, imitant les enfants qui rivalisaient pour lui montrer la façon la plus fraîche de se trémousser. Danielle s'extasiait sur des dames-jeannes apportées par des invités. Elle se leva pour aller chercher un gobelet qu'on l'aida à remplir.

— Tu veux goûter, Rémy ?
— C'est quoi ?
— Du vin de palme.
— Je connais.
— Quand je l'ai vu, ça m'a tout de suite rappelé ma grand-mère. Elle en faisait souvent. C'est toute mon enfance en Casamance que je revis en ce moment. Je ne peux pas résister.
— Tu sais d'où il vient ce vin, et qui l'a amené ? questionna Rémy.
— Non. Mais, il est très bon.

Delphine fit son apparition dans une Kaba élégante. Elle salua son grand frère et ensuite sa belle-sœur chaleureusement, puis s'en alla faire tournoyer son petit-fils. Rémy voulait savoir où trouver les W.C. On lui indiqua un couloir. Il s'y engouffra. Long et sombre, il le traversa, puis au bout, poussa la porte dont on lui avait parlé.
Impossible de prendre ses aises. La lunette absente des

toilettes, le papier hygiénique et le savon, introuvables, le robinet qui ne fonctionnait pas et la lourdeur de l'air le contraignirent à réprimer l'envie de se soulager. Il se ferait violence jusqu'au retour chez sa grand-mère. Il ne comprenait plus rien. Dans une maison bourgeoise, comment autant de faste pouvait-il dissimuler une si grande aberration ? Sans W.C. dignes de ce nom, sans eau et sans savon pour se laver les mains, sans papier pour s'essuyer le derrière, comment faire ses besoins, et tirer la chasse ? Comment même prétendre recevoir des gens chez soi et les nourrir ? À moins que la vraie salle d'eau ne soit interdite aux visiteurs ? La musique allait bon train. Confus et chagriné, Rémy retourna au salon mettre Danielle en garde. Sa sœur n'était plus là.

Les plats élaborés, présentés sur une table nappée d'une broderie délicate avaient perdu leur attrait. La fille de Delphine, sa nièce, l'attrapa par le bras pour le tirer vers une chambre. Sa mère le réclamait. Elle s'arrêta net devant une porte fermée retenant la poignée.

— Tonton, tu as quelque chose pour moi, non ?

— Que veux-tu dire ? J'ai amené un cadeau pour ton fils. Oui.

— Non, pas ça, Tonton. C'est pour payer le gâteau.

— Tu veux dire que tu m'attendais pour aller acheter le gâteau ? Et si je n'étais pas venu ?

— Je savais que tu viendrais.

— Combien te faut-il ?

— Vingt mille francs, ça ira.

Il lui plaça les billets dans la main et se faufila dans la chambre qu'elle ouvrit. Dans la pièce spacieuse, mal ventilée, un homme rabougri s'enfonçait dans un lit. À son chevet, Delphine prenait un air de croque-mitaine. Rémy salua l'homme qui, les yeux braqués sur lui, marmonnait des mots inintelligibles. Assis dans un coin, son petit frère, Alex, silencieux comme à son habitude, prenait un air morbide. Sous les regards inquiets de Rémy, Delphine voulait parler. Que demanderait-elle encore, cette fois ? L'œil scintillant, son mari le dévisageait encore, comme un furet.

— Nos sœurs ne me respectent pas. Ce n'est pas normal. Je suis plus âgée qu'elles. Il faut que tu leur parles. Elles t'écouteront. Tu es le grand frère.

— Que se passe-t-il ? Depuis quand te manquent-elles de respect ?

— Depuis la mort de papa. Bianca est la meneuse, elle se prend pour la grande sœur. Elle parle pour la famille. Un rôle qui en ton absence me revenait.

— Pour être honnête, je ne vois pas le problème. Chacun parle en son nom. Pourquoi cette hiérarchie ? Aide-moi à mieux comprendre.

— Par exemple, dit Alex, au tribunal, quand il fallait parler au juge en présence de l'avocat, au lieu de laisser la grande sœur gérer l'affaire, Bianca s'est désignée elle-même et a pris la parole.

— Tu sais pourquoi elle a fait ça ?

— Je ne sais pas. Elle doit se croire plus maline que tout le monde.

— Et pourquoi ne lui parlez-vous pas ?

— Elle me fatigue. Il y a aussi cette histoire d'héritage à régler. Papa nous a laissé des terres à Nkongsamba. Rien n'a encore été fait. Maintenant que tu es là, c'est à toi de nous dire comment régler le problème. C'est ton rôle, tu es l'aîné.

Après une heure passée à écouter, et à poser des questions, Rémy avait suffisamment d'informations pour mûrir sa réflexion. Là où les liens familiaux et la propriété se rencontraient, il fallait manœuvrer habilement pour ne rien saccager. La mine sombre, pondérée, Rémy se leva pour prendre congé. Il n'en pouvait plus, son ventre lui faisait mal. Il devait rentrer au plus vite.

Le fils aîné de Delphine entra dans la chambre un verre d'eau à la main pour son père. Rémy salua la compagnie pour amorcer son départ alors que l'homme alité s'agita le crâne ruisselant de sueur. Il marmonna encore des mots inintelligibles dans sa direction. Que manigançait-il ? Rémy ne comprenait rien et se tourna vers le fils dans l'espoir d'une traduction des paroles de son père.

Visiblement gêné, le petit cherchait à se dérober et évitait son regard. Ses paroles semblaient trop parcimonieuses pour faire justice aux interminables mugissements de son père. Rémy voyait ce qui se passait. Il l'avait même anticipé, mais s'amusait maintenant à faire comme s'il n'entendait rien, prenant un malin plaisir à observer le supplice que le père infligeait au fils auquel il faisait honte.

Irrité par ses réticences, et par la fibre morale trop épaisse de l'enfant qui ne lui ressemblait plus ; pris d'une soudaine détresse, le père pointa un doigt anxieux vers la boîte vide de ses médicaments. Rebuté par un spectacle pénible, Rémy retira vingt mille francs de sa poche pour les remettre au moribond. Déjà, il lui tournait le dos.

Le soir même, abreuvé de bonnes bières, assis autour d'un plat de poisson fumé et de miondo dans le grill-room de Bianca en compagnie de l'oncle et de son épouse, de leurs quatre enfants adultes, en plus de sa fratrie, convaincu que quelque chose ne tournait pas rond, Rémy zyeutât Danielle pour surveiller ses réactions. Il ne l'avait jamais vue aussi saoule. Elle fonctionnait au ralenti et semblait déboussolée.

Les réponses aux questions qu'on lui posait se faisaient espérer. Sur les coups des vingt-trois heures, l'oncle décida qu'il fallait que tout le monde rentre se reposer.

Encore groggy le lendemain matin, Danielle prit un temps fou pour se préparer. Ils étaient attendus à une grande fête à Bonaberi. Un cortège de voitures arriverait incessamment sous peu pour emmener adultes et enfants dans le fief de la grand-mère.

La grande cour intérieure était bondée de parents. Deux cuisiniers avaient préparé un festin. Des montagnes de mets trônaient sous des emballages en plastique à l'abri des mouches sur de longues tables dans une pièce immense. On passa au salon pour rencontrer des invités d'honneur venus exprès pour l'occasion.

Choupette s'émouvait. Subitement, paniquée, elle tressaillit cherchant à attirer l'attention sur Danielle qui venait de s'évanouir. Ne sachant trop quoi faire, affolé lui aussi, Rémy se pencha vers le sol pour la soulever et l'installer sur un canapé cossu au fil d'or. D'autorité, une cousine assuma la relève, et se mit à diriger les opérations comme une cheffe d'orchestre expérimentée.

Elle envoya quelqu'un chercher son stéthoscope dans une chambre, puis tâta le pouls et écouta les battements du cœur de Danielle. Elle prit ensuite sa tension. Danielle en faisait seize. Rémy, dans sa détresse, se mit à asperger son visage d'eau et à lui tapoter les joues pour qu'elle reprenne connaissance. Tatie Anne-Marie lui mit en même temps du vinaigre sous les narines. Sur les ordres de cousine Suzie, un cuisinier plaçait déjà du gombo cuit dans un bol, alors qu'un autre pressait un jus de limon frais. Hébétée, Danielle rouvrit les yeux, pour faire face à mille questions. Elle semblait prête à rendre l'âme.

— As-tu amené ton lecteur de glycémie ?

— Il est dans mon sac.

Rémy plongea la main dans le sac pour se saisir de l'appareil. Danielle se piqua elle-même devant une foule en apnée. Les liens tissés entre les deux femmes, déjà très forts, Choupette hyperventilait. Deux grammes six de sucre dans le sang. Cousine Suzie força Danielle à boire le jus de limon et à manger du gombo. Elle commandait déjà une infusion de feuilles de Bopolopolo, un puissant hypoglycémiant, antidiabétique de la médecine traditionnelle africaine, une herbe utilisée dans le traitement du diabète, de l'hypertension, du paludisme, de la fièvre typhoïde, de l'obésité, des rhumatismes, des MST, de l'infertilité, des maladies de la peau, et j'en passe. En bref, une plante miraculeuse.

Elle en gardait toujours chez elle, et s'absenta pour aller chercher son portable et appeler un médecin. Les discussions allaient bon train. Qui emmènerait Danielle à l'hôpital, et quel médecin faudrait-il réclamer ? Tout le monde parlait en même temps. Rémy ne savait plus où donner de la tête. Il gardait les yeux braqués sur son épouse, haletant d'inquiétude.

Il ne l'avait jamais vue aussi fragilisée, et ne savait plus comment être fort pour eux deux. Plus que de la force ou du courage, le moment exigeait des compétences médicales. Danielle se releva enfin, donnant l'impression de revenir de chez les morts-vivants. L'agitation s'estompa. Tout le monde se tut. Ses gestes semblaient moins languides. Elle revenait de loin. Cousine Suzie lui demanda de mesurer sa glycémie une fois encore. Celle-ci avait chuté jusqu'à 0,6 g. Le pire venait d'être évité. Épuisé par des émotions fortes, Rémy s'affala sur le canapé auprès de sa femme. Jamais plus il ne douterait de la médecine traditionnelle africaine. Elle méritait son heure de gloire.

Il commença à semoncer Danielle. Quelles raisons insensées l'avaient poussée à consommer un alcool artisanal d'origine douteuse présenté dans une bouteille déjà ouverte chez Delphine ? Chez eux, elle n'aurait jamais bu une substance issue d'une bouteille ouverte amenée à une fête par quelqu'un qu'elle ne connaissait pas. En Afrique, il ne comprenait plus le comportement de sa femme. Elle faisait fi de la raison laissant ses émotions la mener. Qui mieux qu'elle aurait dû faire attention à ces choses-là ? Danielle le dévisageât d'un sourire glacial. L'assemblée s'accorda à dire que trop souvent au Cameroun, pour faire du chiffre, les revendeurs de vin de palme frelataient les boissons, y ajoutant des sucreries et autres breuvages spéciaux pour les rendre volumineuses. Afin d'éviter les surprises, il fallait acheter son vin directement auprès des villageois. Le pire était passé. Les festivités reprirent timidement. Le festin fut servi dans une atmosphère subjuguée. On parla peu et dégusta davantage.

Après le repas, Choupette et Danielle partirent s'allonger dans une chambre climatisée, côte à côte sur le grand lit de cousine Suzie. De temps à autre, Rémy jetait un œil sur elles. Il ouvrait la porte en douceur et se retirait comme il était venu. Quelques heures plus tard, un cri strident mit fin aux conversations au salon. Il provenait de la chambre. Les mines s'assombrirent à nouveau. On avait peur une fois de plus.

Tout recommença. On s'attendait à ce que Danielle fut au plus mal, mais cette fois, Choupette se trouvait en prise à de violentes convulsions. Rémy tenta de relever son corps flasque. Cousine Suzie chercha à la calmer et lui épongea le front proférant des paroles rassurantes. Spontanément, Tatie Anne-Marie laissa gicler toutes les larmes de son corps. Choupette haletait et pleurait à la fois. Il fallait l'emmener d'urgence à l'Aquintinie, l'hôpital d'Akwa. Elle devait être calmée coûte que coûte, au risque de la voir s'étouffer. Personne ne comprenait plus ce qui se passait. Pourtant, ce n'était pas la première fois qu'elle faisait un malaise.

Des émotions fortes et une grande fatigue suffisaient à déclencher chez elle ce type de réactions. Elle s'était tellement donnée pour que le séjour de Rémy et de Danielle se déroule bien, et voilà que maintenant, surmenée, elle s'effondrait. Voir souffrir sa nouvelle amie comme une personne à l'article de la mort, désarticulée, et pratiquement sans vie avait survolté son esprit. Choupette avait subi un choc. Son cœur, comme celui de sa mère adoptive n'avait pas supporté le sentiment d'échec lié à l'incapacité de protéger leur invitée. Elles culpabilisaient et exprimaient une détresse insondable. Ces femmes taciturnes aimaient si fort que devant les mots, à trop intérioriser les émotions des autres, elles restaient coites, transies par la peine.

À l'Aquintinie, les médecins baladèrent Tatie Anne-Marie, la firent courir dans tous les sens, des infirmières jusqu'à la pharmacie, et de la pharmacie jusqu'à la caisse centrale, puis rebelote, comme un yoyo. Au Cameroun, le garde-malade assume tous les frais. Chaque caprice des soignants se monnaie. Il fallait se rendre à la pharmacie et acheter, médicaments, ustensile et chaque chose qu'un médecin ou une infirmière réclamait au compte-gouttes.

Et surtout, il fallait rester avec son malade le jour comme

la nuit ; se faire une place au pied du lit et le nourrir soi-même. Un hôpital n'est pas un restaurant, disait-on. Il fallait aussi l'aider à faire ses besoins dans des W.C. qui ne fonctionnaient plus. Choupette resta en observation toute la semaine. Tatie Anne-Marie fit le va-et-vient entre la maison et l'hôpital, relayée par cousine Suzie qui veillait à la bonne marche des opérations en son absence.

La mine déconfite, abattue, Danielle se sentait coupable. Choupette était malade par sympathie pour elle. Sa maladie n'était qu'un acte de solidarité. Sous le poids du remords, Danielle perdit la voix. Le Cameroun venait de l'achever. Depuis le premier jour, cette femme effacée n'y avait ressenti que des émotions fortes et contradictoires.

VINGT-QUATRE

— Cyrille, pourquoi Delphine ne s'entend-elle pas avec ses sœurs ? Elle ne désire absolument rien entreprendre avec elles.

— Tant que papa était en vie, ça n'avait aucune importance, mais maintenant qu'il n'est plus, nous devons gérer ses affaires. La coutume veut que ce soit l'aîné(e) qui assume ces responsabilités. C'était elle l'aînée. Mais franchement mon frère, elle n'a jamais été à la hauteur. On ne peut pas lui faire confiance. Elle ne règle rien.

— Comme tu peux l'imaginer, quand elle parle de la situation, elle ne mentionne pas ses manquements, et considère que vous l'avez grugée. On lui manque de respect dans cette famille, dit-elle. Elle en veut surtout à Bianca. —

— Pourquoi à elle et pas à vous autres ? demanda Rémy.

— Bianca est comme papa. C'est une battante. On peut toujours compter sur elle. L'année dernière, je suis au tribunal avec l'avocat. On attend Delphine. Elle n'arrive pas. Aucun signe de madame. Je sors l'appeler ; elle me répond qu'elle est au lit et n'a pas envie de venir. C'est toujours comme ça avec elle. Tu te rends compte ? On devait expulser des locataires qui ne payaient pas et récupérer des appartements. J'appelle Bianca qui lâche tout et se précipite au tribunal.

— Quel est son problème ? Qu'est-ce qu'on ne me dit pas ?

— Delphine aime trop lever le coude. Elle picole. Bianca, en revanche, est vive d'esprit, toujours disposée à faire ce qu'il faut. Elle voit plus loin que le bout de son nez et ne pense pas qu'à elle-même. C'est une femme active, ambitieuse et débrouillarde. Elle s'en sort très bien.

— Oui, je vois ça. Elle a bon caractère, aussi. J'aime beaucoup Bianca.

Même s'il n'avait rien demandé, être l'aîné d'une fratrie, comportait des obligations. Il était impossible à Rémy d'ignorer ce qu'on lui demandait de faire. S'y soustraire revenait à renier la culture de son père et toute une conception du monde. S'il refusait, ses arguments devaient tenir la route. Il n'en avait pas, ni la force d'en chercher.

Ce qu'on lui demandait semblait au premier abord simple : que faire de l'héritage du père ? C'était à lui de trancher. Les maisons de Douala avaient été partagées. Chacun savait ce qui lui revenait et en avait pris possession. Ce n'était pas le cas pour Nkongsamba, trop longtemps en cour de cassation. Toutes ces terres et ces bâtiments, et personne pour s'en occuper ? L'insouciance des propriétaires remarquée par les locataires encourageait les abus. Oncle et tante intimaient l'ordre aux héritiers de préserver le bien de leur père pour ainsi rendre hommage au labeur de toute une vie. Leur opinion semblait faire consensus. Les problèmes persistaient. Rémy réserva une journée pour discuter avec les frères et les sœurs avec qui il n'avait pas encore abordé cette affaire.

Il souhaitait entendre ce que chacun pensait. Sans leur opposer ses objections, il les aiguillonna afin qu'ils précisent le fond de leur pensée. Après le repas, le lendemain, il les invita à passer au salon. C'était à lui de se faire entendre cette fois. Il clarifia ses motivations. Dans l'échange, l'intention est cruciale.

— Nous sommes réunis pour résoudre un problème qui mine l'entente entre vous. D'abord, sachez que je ne veux rien de l'héritage de notre père. Je vous ai tous entendus. Oui, j'y ai droit moi aussi, mais je préfère que vous pensiez à vous et à vos enfants plutôt qu'à moi. Ma vie ne se déroule pas ici, et plus que la possession des objets, je n'en cherche que la jouissance. Donc, oubliez-moi s'il vous plaît. Chez vous, le père ne meurt jamais vraiment. Il disparaît, un autre le remplace, prend la relève, gère à sa place, et en assume les devoirs. Tout doit continuer comme si le père n'était pas mort, ce qui veut aussi dire qu'on ne vend pas les biens. Je reconnais la beauté de votre conception du monde, mais ne peux pas ignorer mes autres référents. J'ai été modelé par un monde différent. J'amène une façon de penser différente, ni meilleure, ni pire. Il ne s'agit ici que de débloquer la situation pour qu'enfin vous puissiez avancer. Pour moi, hériter signifie bénéficier. Nkongsamba représente le rêve et le travail de notre père. Il y en a-t-il un, parmi vous pour qui Nkongsamba représente un rêve aussi ? Rémy attendit plusieurs secondes sans rien dire. Votre silence en dit long. Donc, aucun parmi nous ne rêve de Nkongsamba.

Quelqu'un serait-il prêt à s'y installer pour gérer les affaires du père ? Encore une fois, devant vos bouches cousues, nous avons établi également que personne n'a à cœur de vivre cette aventure. Alors, quoi faire ? Je vais vous dire quoi faire et comment je vois les choses. Excusez à l'avance mon franc-parler, je ne cherche, encore une fois, qu'à débloquer la situation. Tel que je le conçois, le problème c'est cette façon bien traditionnelle de penser qui vous caractérise. Honorer la mémoire du père, oui, c'est important, mais comment faire ? Par un monument en son hommage comme autant de bâtiments à l'abandon ? Où par une poursuite invétérée de nos propres rêves, à l'exemple du père ? Nkongsamba, comme je l'ai dit, était le rêve du père. Même s'il a fini par le tuer, il l'a réalisé à la sueur de son front.

Il pouvait en être fier. Peu de gens ont le courage de poursuivre leur rêve. Et vous, quel est le vôtre ? Dans quoi êtes-vous prêts à laisser votre peau ? Qu'est-ce qui donne un sens à vos vies ? Quel est votre Nkongsamba à vous ?

Delphine suspecte que certains récupèrent les loyers sans rien dire aux autres. La méfiance et la médisance gagnent du terrain parmi vous. Il est temps de briser ces faux-semblants que personne n'ose regarder en face. Il est temps de vous libérer de la mesquinerie, et de vos obligations consanguines. Chacun devrait pouvoir évoluer indépendamment de l'autre, ceci est mon humble avis. Vous vous retrouverez alors parce que vous le voulez et non sous le coup d'une obligation quelconque. Je tombe comme un cheveu sur la soupe. Vous m'avez cherché, et vous m'avez trouvé. Il y a une raison à cela. Des questions ?

Avec l'aide de l'avocat à qui vous devez déjà un lopin de terre, je propose que vous fassiez appel au cadastre et divisiez cette terre en neuf parts égales ; que vous partagiez les appartements et que chacun prenne possession de ses titres de propriété ! Je propose que vous mainteniez la villa paternelle en commun pour permettre à chacun d'avoir un pied-à-terre à Nkongsamba. Que chacun reçoive sa quote-part ! Que vos volontés individuelles se libèrent du fardeau de la collectivité, et que chacun fasse selon ses besoins, ses facultés, et sa maturité. Continuez sur votre voie. Trouvez un peu plus de joie. Je sais combien tout cela est dangereux, après tout, nous sommes des Douala, dépensiers, vantards, et fêtards, comme notre réputation l'indique. Mais loin des stéréotypes, nous sommes d'abord et avant tout les enfants d'un père visionnaire. Si vous aimiez votre père et cherchez à honorer sa mémoire, faites donc fructifier son héritage. Utilisez-le pour améliorer vos vies et celles de vos enfants.

Voilà ma recommandation de grand frère. Levez la main si vous les acceptez !

Ils levèrent tous la main. Rémy allait-il s'attirer les foudres des aînés ? Delphine approcha souriante, satisfaite de la situation. Désespérément dans le besoin de liquidités, elle faisait partie de ceux qui avaient souhaité la vente des biens. Elle pourrait à présent faire ce que bon lui semblait, pensa Rémy. Elle chercha à l'isoler, probablement pour lui réclamer une fois encore des sous. Il fit mine de l'écouter. Elle tourna autour du pot et radota, comme à son habitude.

— Je ne comprends pas ce que tu dis, Delphine.

— Est-ce que je parle avec de l'eau dans la bouche, Rémy ?

Coupant court à la conversation, il voulait savoir :

— Tu as acheté le poisson et fais les grillades pour démarrer la petite affaire dont on a parlé ?

— C'est à dire que je n'ai pas encore pu. J'ai eu des imprévus, et...

— tu sais Delphine, je n'ai plus le temps de t'écouter. Je n'ai rien à te donner. Passe une bonne journée, ma sœur.

VINGT-CINQ

Rémy retrouvait Hillary, et Cassandra qui l'attendaient au salon.

— Le chef du clan à Bonaberi avait prédit ton initiation. Mon frère, il m'a dit un jour : « Ils vont t'ouvrir les yeux. » Demain, le guérisseur, le Nganga, sera ici avec lui. Tout se passera bien. Il ne faudra pas avoir peur. La vie se résume à des relations avec les autres, avec les ancêtres et avec Dieu, Nyambe. Notre bien-être est avant tout spirituel. C'est là que notre peuple puise sa force.

— Mais, tu parles de sorcellerie ?

— Non, mon frère, pas de sorcellerie. La foi est une folie qu'il faut cultiver pour avancer. L'Esa est une pratique spirituelle traditionnelle basée sur l'amour, la clé de toute vraie quête.

— Je ne te savais pas croyante, Hillary.

— Je ne crois pas en la religion, je crois en Nyambe. Jehovah Loba et Yesu Christo ont croisé Nyambe, puis se sont confondus.

— Qu'attendront-ils de moi, au juste ? Je ne veux rien boire de bizarre.

— Rien à boire. Juste se laver le visage, et ensuite s'essuyer les lèvres avec la feuille du Dibôkubôku.

— Du Dibôkubô quoi ?

— La purification collective, la cérémonie Esa, reprit Cassandra, est un moment de remise en question. Tout être humain doit reconnaître, avouer ses fautes et réaffirmer ses bonnes intentions afin de conjurer le sort.

— Nous ferons une prière ensemble. L'Esa ya mboa, la

prière collective aux ancêtres bienveillants. Ce sera une cérémonie de réconciliation.

— Il me faudra me parer de mille colliers et d'une couronne de plumes et me mettre des breloques aux chevilles ?

— Ahahah. Tu es vraiment façon-façon mon frère. On va t'appeler mukala, si tu continues.

— Ça veut dire quoi ?

— Le Blanc.

— Je vois déjà l'article après-demain : « Une cérémonie hors norme a eu lieu à Bonamouang. Elle avait pour but de ramener la paix dans le cœur d'une âme perdue, Rémy Mbappe. Réunis dans la cour de la concession, les chefs traditionnels Sawa ont assisté au rite que le Nganga dirigeait un smartphone dernier cri dans la poche de son veston. Après des incantations en langue Douala, son mal a été exorcisé. Le non-respect de la tradition et des valeurs ancestrales a été évoqué comme une de ses causes. Un bouc a été sacrifié, son sang recueilli dans un bol fut utilisé à des fins de purification. Trop occidentalisé, et trop sensible, Rémy Mbappe n'a pas voulu assister au sacrifice de l'animal. »

VINGT-SIX

Cher oncle, à la veille de notre départ, tu me demandes de partager mon bilan. Je ne veux pas t'offenser et te donner l'impression de ne pas apprécier ma famille et son hospitalité. Je l'apprécie vraiment et lui suis profondément reconnaissant pour ce que vous avez fait pour nous, Danielle et moi. Grâce à vous, une partie de moi n'est plus orpheline. Je ne suis plus à la dérive.

Je suis reconnaissant envers le Cameroun qui m'a donné vigueur, beauté, intelligence, et vient d'ancrer mon identité sur un socle fertile. Les paysages de ce paradis de l'enfer sont exceptionnels. Le coût de la vie y est inégalable. Le génie de ce peuple est édifiant ; la nourriture divine et la diversité, ahurissante. Vous avez la chance d'avoir plus de deux cents langues, et des ressources qui suscitent la convoitise des puissants.

Et j'ai été choqué par le prosélytisme et l'intolérance dont tu as systématiquement fait preuve. L'égoïsme qui anime la façon dont certains se désintéressent du bien-être collectif ; par la malhonnêteté qui mine nombre de transactions humaines, par cette obsession nationale maladive pour l'argent facile. Rien de tout cela n'est propre à ce pays, ou à ce continent.

Choqué par la gabegie, ce poison qui irrigue le corps politique, qui profite à ceux qui exploitent nos ressources et nous maintiennent dans la pauvreté ; ceux-là mêmes qui ne veulent pas que les choses changent. Outré par cette mentalité rétrograde qui interdit tout développement personnel ; par une autorité qui n'en a que le nom ; par cette mendicité calculée qui se fait passer pour de la considération. Où est donc le ras-le-bol général qui motiverait une volonté de changement radical ? S'est-il noyé dans l'alcool, la superstition, la religion, ou le sexe ? Cette volonté, est-elle en exil ? Partie se réfugier ailleurs ? Pourquoi ne sommes-nous pas le centre de notre propre univers ? Qu'importe un monde qui ne nous calcule pas ?

Mon bilan est damnant : les mentalités doivent changer. Certaines mœurs freinent notre développement. Et là, cher oncle, je m'inspire d'un homme que je respecte, M. Boubacar Ndiaye qui disait en d'autres mots, que le culte de la tribu nous fera la peau.

L'Afrique est le seul continent où l'individu ne peut s'épanouir pleinement à cause de l'obligation qu'il a d'assumer, même, avec un maigre salaire, l'entretien de dix ou vingt autres personnes aptes elles aussi au travail. Le culte du grand frère, lui, interdit toute discussion, tout débat, toute contradiction, sous prétexte du droit d'aînesse, comme si le jeune âge prévient l'intelligence, et l'âge avancé en est un gage. Selon cette logique, toutes perspectives de solutions optimales disparaissent. Alors que le respect se mérite, les brimades intellectuelles liées à l'âge handicapent la croissance. Et pour finir, le culte de l'irrationnel. Ici, la religion a pignon sur rue, tout comme la sorcellerie, autant de superstitions et de mysticismes qui empêchent de confronter nos réalités et d'entamer la nécessaire transformation. Il n'y a jamais eu autant de sorcellerie qu'aujourd'hui, me dit-on. Cela tiendrait à la crise qui créerait une sorte de névrose chez les gens, disent les vieux dans la rue. Elle aiguise les convoitises et la cupidité. Les gens deviennent plus égoïstes et plus vicieux, disent-ils aussi.

L'Afrique dont la superficie englobe à la fois la Chine, l'Inde, les États-Unis, et l'Europe a de tous temps, avec une trop faible unité, pas assez de guerriers, été sous-peuplée. Pour cette raison, elle a moins bien résisté que la Chine, par exemple, aux conquêtes européennes.

— Neveu, ça suffit. Tu vas trop loin dans le blasphème. Le Cameroun, c'est le Cameroun.

— Oui, mon oncle. Je vais très loin, mais pas assez, surtout quand c'est de moi-même, de nous-même, de tout ce qui me tient à cœur, que je parle. Nous avons du chemin à parcourir. J'aimerais être là pour ça. L'Afrique avance. Elle a un bel avenir devant elle. Le Ghana, la Namibie, le Nigéria, l'Éthiopie, l'Afrique du Sud, le Rwanda et d'autres encore décollent. Pourquoi pas nous aussi ? L'avenir appartient à l'Afrique. Le Cameroun doit suivre le mouvement. Je veux pouvoir un jour être fier du royaume de mon père. Rappelle-toi que mon cœur est avec vous. Vous faites partie de moi, je fais partie de vous.

Rémy désirait mourir en paix sachant que le continent qui venait de lui redonner une seconde vie, et une plus grande confiance en lui retrouverait sa dignité, libéré un jour des profiteurs qui en suçaient la sève. Sa maladie progressait. Personne n'avait compris qu'il se mourrait. Son secret était donc sauf. Croire en quelque chose de plus grand que soi, croire en l'Afrique, l'aiderait à lutter, à s'accrocher à un peu plus de vie.

VINGT-SEPT

Le lendemain dans l'après-midi, un convoi de quatre voitures, emmena Danielle et Rémy à l'aéroport. Des benskins et des véhicules bondés s'impatientaient sur les routes embouteillées. Rien de tout cela ne générait plus aucune frustration ni chez Danielle ni chez Rémy. Ils avaient pris de l'avance. L'embarquement ne se ferait pas avant quatre heures.

Rémy aurait aimé faire découvrir le monde à ses frères et sœurs, leur permettre de connaître autre chose que ce pays sans son pareil ; mais il refusait de créer un besoin, un sentiment de manque chez eux alors qu'ils étaient riches au-delà de leurs rêves les plus fous. Bien plus que leur grand frère. Ils avaient la santé, la compagnie des uns et des autres, des rêves à réaliser, et la garantie d'un toit au-dessus de leurs têtes. Ils possédaient leur terre et pouvaient en disposer comme bon leur semblait. Nul besoin d'aller subir des humiliations chez les autres, là où ils ne seraient ni les bienvenus ni appréciés à leur juste valeur.

Voué à un avenir brillant, le Cameroun devrait préparer la voie pour les siens vers une prospérité plus largement partagée. Il y a tant à faire, tant de défis à relever, une nation à bâtir. Une fois que le vieux lion d'Etoudi, fatigué, étiolé délestera les rênes, il faudra saisir l'occasion d'infléchir une nouvelle direction à cette Afrique en miniature ; épurer et revitaliser le système, lui permettre enfin de remplir sa vocation à guider de concert le continent vers un avenir d'espoir et d'abondance.

Plus on y passe du temps, plus on s'acclimate à ce pays au premier abord revêche où tous les paysages de l'Afrique se retrouvent. On finit par le comprendre et par se rendre compte que malgré tout ce qu'il reste à faire, il est en pleine transformation. À chercher la tare, on la trouve. Notre regard salit. La comparaison est un vice qui rend la jouissance impossible. Vingt-cinq pour cent des terres arables disponibles y sont cultivées. L'économie est en pleine diversification ; les infrastructures en phase de modernisation. Les ressources naturelles et humaines font du pays la première puissance économique de l'Afrique centrale francophone. Son or noir, son énorme potentiel hydroélectrique, sa bauxite, ses immenses réserves de gaz naturel, ses vingt-deux millions d'habitants, sa cinquantaine de minerais inexploités, sa production de dix tonnes d'or par an prévue d'ici cinq ans, tout cela fait déjà du Cameroun un géant au cœur du continent noir.

Privé de la nationalité de son père, peu sûr de pouvoir un jour revenir, Rémy contempla avec une avidité renouvelée les scènes palpitantes de la vie urbaine qui s'offraient à sa vue une toute dernière fois. Des marchandes arrangeaient leurs étals. Des flâneurs, le cigare à la bouche farotaient aux croisées des chemins. Des hommes d'affaires balançaient leur attaché-case à bout de bras. Des vendeurs à la sauvette colportaient des articles qu'ils proposaient à la criée. Des marchands d'eau fraîche agitaient leurs bouteilles. Dans cette capitale de la débrouillardise, un peuple intelligent qui ne voulait plus ramper, piétinait la poussière que des âmes charitables munies de balais-brosses tentaient de repousser inlassablement dans des rigoles béantes. Des taxis jaune et noir obstruaient le passage comme à l'accoutumée. Il fallait prendre patience une dernière fois. Par des rues bordées d'arbres majestueux, un axe routier impeccable menait à Bonapriso puis à Bonanjo, où des tours d'appartements arboraient une forêt d'antennes paraboliques. Des espaces verts de toute beauté s'étalaient à perte de vue. L'Afrique avait le pouvoir d'éblouir. C'est ce qu'elle faisait de mieux ! Elle envoûtait ceux qui avaient les yeux ouverts.

Récemment refait, l'aéroport interdisait l'accès à tous les accompagnateurs. Le terrorisme obligeant, pour y accéder, il fallait montrer un titre de voyage aux agents de police. Boko Haram et les sécessionnistes anglophones représentaient une menace que les forces de l'ordre prenaient encore au sérieux. Danielle et Rémy s'attardèrent à papoter dans le parking avec leurs proches. Rémy leur promit qu'il reviendrait sur la terre de ses ancêtres pour retrouver, de temps en temps, cette énergie qui redonne assurance et espoir ; dénicher à la souche nourricière cet esprit qui tenait mordicus à conquérir la vie. Il savait qu'il reviendrait, mais dans la mort.

Le passage aux toilettes s'imposa douloureusement. La tête brouillée, le cœur serré, il mit fin aux vœux pieux pointant du doigt son ventre bavard et impatient. Il se précipita vers le terminal sans demander son reste laissant Danielle à la traîne comme d'habitude. Horreur ! Son pire cauchemar recommençait. Fréquenter des toilettes loin de chez lui infligeait à Rémy un supplice. Son envie le contraignit à affronter, sans pouvoir s'y soustraire, W.C. moucheté, auréolé, papier volatilisé, savon subtilisé, eau évaporée, lunette démembrée ; un martyre olfactif traumatisant et humiliant. Il se sentait impuissant. Bouchées ou éventrées, certaines cuvettes ne fonctionnaient plus. Parfois, le regard que l'on porte sur le monde n'est qu'un reflet de ce qui est, et rien d'autre. À bout de nerfs, comme un désaxé, Rémy se mit à hurler son dégoût. Il tonna de toutes ses forces jusqu'à ce que quelqu'un lui vienne en aide. Une main noire, paternelle, généreuse, lui glissa un paquet de Kleenex en dessous de la porte.

— Gardez tout.

Rémy rétorqua en pure perte, comme pour se justifier :

— On ne trouve ni papier, ni savon, ni eau pour se laver les mains et pour tirer la chasse. Cela est suprêmement perturbant. De l'autre côté de la porte, le silence le narguait.

Son calvaire terminé, il emprunta le gel antibactérien de Danielle se contentant d'une boutade :

— J'ai finalement compris pourquoi les gens retirent les sièges, le savon, et le papier hygiénique des toilettes ici. Au Cameroun, on ne défèque pas. On flatule, tout au plus.

VINGT-HUIT

Deux officiers de police l'interpellèrent alors qu'il s'apprêtait à ouvrir la portière de sa voiture pour se rendre au bureau. Il était sept heures. Le prenant au dépourvu, un policier attrapa le poignet de Rémy pour lui passer les menottes par-derrière. L'autre lui lisait déjà ses droits.

— Vous avez le droit de garder le silence. Tout ce que vous direz pourra être retenu contre vous dans une cour de justice. Vous avez droit à un avocat. Si vous ne pouvez pas vous en procurer un, un vous sera assigné d'office.

Une seconde voiture de police arriva en trombe. Sans qu'il eût le temps de comprendre ce qui se passait, une main le poussa sans ménagement sur la banquette arrière du véhicule. Indisposé par des menottes trop serrées, Rémy imagina le pire coincé entre une banquette exiguë et des sièges avant complètement reculés. Il devait y avoir méprise sur la personne. Serait-il la prochaine bavure policière au journal de 18 heures ? Il venait juste de rentrer de vacances et n'avait rien fait. Que lui reprochait-on ? « Qu'allaient penser les voisins ? » Personne ne l'avait vu se faire arrêter. Son esprit s'agitait. Il se laissa faire, n'opposa aucune résistance. Dans un cas comme celui-là, survivre exigeait de la passivité ; pour se battre un autre jour, et avoir une chance de gagner, il fallait tout simplement capituler. Réagir autrement aurait donné le la à des agresseurs prêts à tout pour en découdre ; une excuse pour le bousculer et peut-être bien lui ôter la vie. Ce genre de choses arrivait trop souvent.

Une fois sa photo prise, et ses empreintes prélevées, on l'emmena devant un juge à l'intérieur du commissariat.

— Vous êtes accusé de coups et blessures aggravés ; d'avoir occasionné la chute de madame Christiane El Kassim et de lui avoir cassé la jambe. Comment plaidez-vous ?

— Non coupable, votre honneur.

— Dans quelques minutes, vous serez relâché sous engagement à comparaître à une date ultérieure. Trouvez-vous un avocat !

Après s'être acquitté des frais de dossier, avoir rempli et signé plusieurs documents, Rémy était libre de partir. Il contacta Danielle pour la rassurer. Elle avait remarqué que la voiture n'avait pas bougé et s'inquiétait. Il appela ensuite son bureau pour justifier son absence, et un taxi pour rentrer chez lui. Il ne fût pas autorisé à reprendre le travail avant la conclusion de la procédure. Son habilitation de sécurité comme son poste pouvaient lui être retirés s'il était condamné. Rémy fit le choix de combattre la diffamation, de défendre son emploi, son honneur, et sa vie. Il y tenait encore. Comme un choc, l'accusation stimula son instinct de survie, un sursaut d'orgueil, et sa volonté de se prendre en charge. Il ne capitulerait plus jamais devant la contrariété.

Plusieurs semaines plus tard, arrivé au tribunal, en présence de Danielle, Rémy se présenta à l'huissier avant de s'installer à la place qu'on lui indiqua. Médusé par sa mise en scène, il observait Christiane à l'autre bout de la salle, pimpante, excessivement maquillée, assise à la droite de son avocate, les orteils à l'air dépassant du plâtre épais qu'elle portait à un pied ; une béquille appuyée contre la table. Il se demandait jusqu'où elle irait. Sans scrupule, prête à tout, Christiane avait frappé fort cette fois, et sorti le grand jeu.

Dépassé par les événements, Rémy se sentait

impuissant. « Qu'ai-je à voir dans tout cela ? » Il se rendait fou à essayer de comprendre l'irrationnel. Christiane avait du toupet. Plutôt qu'une inculpation criminelle, elle cherchait un dédommagement financier. Remporter ce procès serait difficile, voire impossible. Le fardeau de la prépondérance des preuves à fournir serait insurmontable. Au mieux, elle comptait sur la parole de l'un contre la parole de l'autre pour gagner. Rémy était un piètre acteur après tout, elle ne le savait que trop bien.

Cinq minutes avant l'ouverture du procès, son avocat claudiqua dans la salle d'audience, une béquille identique à celle de Christiane sous le bras. Se tournant vers Rémy, il balbutia quelques mots pour expliquer qu'il s'était cassé la jambe en jouant au football avec ses enfants. Rémy ne le crut pas. À ce stade, il ne voulait plus croire en personne. Tout n'était qu'une grande supercherie. C'est cela même que le carnaval qui se préparait démontrerait. La loi ce jour-là servirait de papier toilette à l'indécence.

Il ne devait prendre la parole que si le juge le sollicitait, et sous aucun autre prétexte. Manifester son indignation, s'autoriser un éclat, lui coûteraient son emploi. Christiane comptait là-dessus. « La raison est hellène et l'émotion nègre. » Elle avait lu cette ânerie dans un des livres de Rémy, et comptait sur sa négritude pour lui faire perdre le contrôle et lui donner, à elle, la victoire qu'elle escomptait.

Pire qu'un pitbull, l'avocate de Christiane assura sa défense avec une virulence hors pair. Elle pointa un doigt accusateur en direction de Rémy et lui lança des uppercuts verbaux à couper le souffle. Elle savait faire monter la pression dans une salle. C'était bien mal parti. Rémy gigota dans son siège comme s'il était coupable. Il dénoua sa cravate, et détacha le col de sa chemise. Il aurait tout donné pour se retrouver ailleurs, au Cameroun, ou aux Antilles encore. N'importe où, mais pas là. Ses oreilles bourdonnèrent, sa bouche devint pâteuse. Il devait se reprendre pour ne pas succomber à l'envie de pleurer. L'homme dont on parlait n'était pas lui, mais un monstre. Il s'était décidé à ne plus jamais courber l'échine, et à mettre un terme à l'infamie qui se jouait sous ses yeux.

Il n'entendait plus rien. La rage l'assourdissait. Sur leur trente-et-un, des marionnettes s'ébranlaient, mais ne l'émouvaient point. Comme un brouillard repoussé par un vent fort, le désarroi se levait. Debout, appuyée sur sa béquille pour répondre aux questions du vieux juge, Christiane se révélait. Se lissant la barbe, il l'écoutait de son regard intense. Une main chaude se posa sur l'épaule de Rémy, et pressa sa chair doucement. L'avocat se pencha à son oreille pour souffler :

— C'est fini. On a gagné.

— Quoi ? Comment ? Il ne m'a rien demandé. Je n'ai pas encore parlé.

— Pas la peine. Elle s'est confondue. C'était risible. Plus d'une fois, elle s'est contredite, et le juge a vu clair dans son jeu. De plus, il avait en sa possession les menaces qu'elle avait proférées à votre encontre par mail, ainsi que vos documents de voyage qui établissaient clairement que vous ne vous trouviez pas sur le territoire aux dates en question. Je vois que vous êtes frustré. Vous devriez plutôt vous réjouir. Qu'auriez-vous dit au juge si vous en aviez eu l'occasion ?

— Je lui aurais expliqué comment, avant et surtout depuis notre séparation, cette femme était devenue un boulet à mes pieds et m'empêchait d'évoluer. Comment elle était prête à tout, même à mentir, pour me nuire. Comment elle me blâmait pour l'augmentation du prix de l'essence, les échecs successifs qu'elle a connus, d'avoir gâché sa vie, comme si elle avait besoin de moi pour ça ! Avant même de la rencontrer, j'étais déjà coupable.

C'est comme si elle n'était responsable ni de ses choix ni de ses actes. Elle s'incruste encore dans mon ombre, s'impose dans ma vie parce qu'elle ne sait pas vivre. Il faut que cela cesse. Je lui aurais aussi expliqué que les petits comme les grands sont capables du pire, et que je n'ai rien fait de mal, sinon chercher un peu de chaleur là où on acceptait de m'en donner.

Je me suis simplement trompé de personne. Jadis, reine de beauté, Christiane avait beaucoup de succès. Elle avait attiré l'attention d'un grand nombre de prétendants. Habituée à être le centre de leur monde, elle n'a jamais développé une très grande compassion pour les autres. Lorsque nous nous sommes rencontrés, elle redescendait la pente, rejetée par son ancien mari. Elle aiguisait son instrument, fournissait un effort plus grand, s'appliquait à être belle pour maîtriser son outillage et en user avec précision. Elle était foncièrement aigrie. Affublée d'un maquillage même léger, elle parvenait encore à attirer des regards concupiscents. Moi, je voulais l'aimer en dépit de ses complexes et de ses doutes, mais elle ne m'a jamais rien offert d'autre que son corps.

Sacrifiant son derrière pour assurer ses devants, elle rêvait de rencontrer son prince charmant, celui qui transformerait sa vie. Sa maman d'ailleurs, l'y avait incitée. C'était la chose à faire pour une belle femme comme elle. Se mettre à l'abri du besoin valait bien son pesant de tourment ! Moi, j'avais un bon poste. Je gagnais bien ma vie. Cela ne me dérangeait pas outre mesure de prendre soin d'elle, mais

Christiane ne semblait jamais heureuse, tout juste assouvie au creux de sa pulsion.

Devant moi, l'homme qui voulait d'elle, elle prenait un vif plaisir à répéter bêtement sans réfléchir : « Les hommes sont petits, et si mesquins, ils s'emballent pour un rien. Aujourd'hui, ils sont fous et ne valent plus grand-chose. Quand ils obtiennent ce qu'ils veulent, ils vous laissent tomber comme une vieille paire de chaussettes trouées. » L'abus des hommes a fané sa beauté et ruiné son jugement.

Elle qui ne sait plus attendre parce qu'elle a trop attendu, se montrait impatiente devant mon sentiment d'échec, d'une vie menée sans gouvernail, devant moi qui me sentais accablé, incapable de me maintenir dans la course des matadors. Au lieu de me comprendre, elle m'a écrasé comme un moustique, et puis s'est mise à regretter un acte impulsif. Trop tard ! Elle cherchait le réconfort dans les bras d'un homme qu'elle refusait de voir comme il voulait qu'on le voie. « Un peu de chair contre un peu d'attention », elle disait ça tout le temps. C'était probablement l'étendue de sa science. Nous sommes passés l'un à côté de l'autre sans vraiment nous connaître. Cette expérience déclencha une dépression partagée qui précipita une séparation sans appel. Moi, je l'ai accepté, et elle, non. Voici ce que j'aurais dit au juge.

Assommée par une vie qu'elle ne maîtrisait plus, et qui ne lui offrait aucun cadeau, pendue à un filet d'alcool, alitée par des rêves assassins, aveuglée par son propre besoin, désintéressée de la souffrance de l'homme, de tous les hommes qu'elle disait aimer, Christiane ne recherchait même plus la vigueur d'un rein fougueux, elle n'en voulait que la docilité.

Réveillée de son cauchemar, elle jura à qui voulait l'entendre que plus jamais elle ne fréquenterait un homme confus comme Rémy Mbappe qui, par ses cancans silencieux, ses passages à vide, ses cachotteries, ses maladies imaginaires et le ton de sa conviction, se retirait de sa chair comme un ingrat et transformait une vie d'amour et d'eau fraîche en descente aux enfers. Dans les bras de Rémy, cet arbre déraciné et sans mémoire, elle avait cru trouver tout ce qu'elle avait toujours désiré, l'amour fou, mais n'avait en fait connu que la folie de l'amour. La folie de ses absences imaginaires au royaume de son père.

DU MÊME AUTEUR

Christophe, Michel. The Unraveling of a Disgruntled Employee. ProficiencyPlus, 2016.

— . Le Conservatisme Noir Américain. ProficiencyPlus, 2016.

— . Chronique d'un Noir à la dérive. ProficiencyPlus, 2016.

— . Deux semaines en janvier. ProficiencyPlus, 2016.

— . Teaching for Transformation: ProficiencyPlus, 2016.

— . J'aurais été un dieu. ProficiencyPlus, 2017.

— . Broken Happy. ProficiencyPlus, 2017.

— . The Harder the Pain: À Compilation. ProficiencyPlus, 2017.

— . Brisé Décalé. ProficiencyPlus, 2019.

— . Pédagogie de la Transformation. ProficiencyPlus, 2021.

— . Miette d'Empire ou la Tentation du Déni. Les Impliqués Ed., 2022.

www.michelnchristophe.com